DREAMBOOKS

DREAMBOOKS

DREAMBOOKS

DREAMBOOKS

시니어 신무협 장편소설
ORIENTAL FANTASY STORY & ADVENTURE

일보신권 ⑳

일보신권 20 서기촌은 득실득실

초판 1쇄 인쇄 / 2014년 10월 20일
초판 1쇄 발행 / 2014년 10월 27일

지은이 / 시니어

발행인 / 오영배
책임편집 / 편집부
펴낸 곳 / (주)삼양출판사 · 드림북스

주소 / 서울특별시 강북구 솔샘로67길 92
대표 전화 / 02-980-2112 팩스 / 02-983-0660
편집부 전화 / 02-980-2116 팩스 / 02-983-8201
블로그 / blog.naver.com/dreambookss

등록번호 / 제9-00046호
등록일자 / 1999년 3월 11일

ⓒ 시니어, 2014

값 8,000원

(주)삼양출판사 · 드림북스의 서면 허락 없이는 어떠한
형태나 수단으로도 이 책의 내용을 이용하지 못합니다.

ISBN 978-89-542-5830-2 (04810) / 978-89-542-3281-4 (세트)

* 지은이와 협의하에 인지는 생략합니다.
* 잘못된 책은 구입한 곳에서 바꾸어 드립니다.

이 도서의 국립중앙도서관 출판시도서목록(CIP)은 서지정보유통지원시스템홈페이지(http://seoji.nl.go.kr)와
국가자료공동목록시스템(http://www.nl.go.kr/kolisnet)에서 이용하실 수 있습니다.
(CIP제어번호: 2014029553)

시니어 신무협 장편소설
ORIENTAL FANTASY STORY & ADVENTURE

일보신권

서가촌은 득실득실

dream books
드림북스

일보신권

목차

제1장 서가촌의 몰락 *007*

제2장 죄송합니다 *049*

제3장 그들이 왔다 *091*

제4장 뭐야저건……? *129*

제5장 서가촌 멸망　169

제6장 평화의 주인　209

제7장 아직도 안 끝났어?　261

제8장 모두가 장건을 노린다　299

제1장

서가촌의 몰락

　오늘도 장건은 이른 아침 서가촌을 지나 충무원으로 출근을 한다.
　"안녕하세요!"
　길 양옆으로 펼쳐진 논밭에서 새벽부터 일을 나온 마을 사람들, 노인 몇과 젊은 사람들 몇몇이 장건을 보고 마주 인사했다.
　"어이쿠, 장 교두님이시네. 오늘도 여전히 부지런하십니다!"
　"장 교두님을 보니 이제 아침 먹을 시간인가보네!"
　한때 황폐해져 있던 논밭은 장건과 충무원 원생들의 노

력으로 개간되었다. 원래 밭을 갈고 잡초를 뽑고 돌멩이를 치운다고 해도 농사를 지을 사람이 없으면 무용지물일 수밖에 없다.

하지만 서가촌이 부흥하고 경기가 살아나면서 많은 이들이 서가촌으로 몰려들었다. 그중에는 일거리를 찾아 온 이도 있었고, 서가촌을 잠시 떠났다가 되돌아온 청년들도 있었다. 지금의 서가촌은 인력이 없어서 뭘 못할 일은 없었다.

"안녕하세요!"

"안녕하십니까."

장건이 지나갈 때마다 사람들이 장건을 보고 손을 흔들며 인사했다.

"장 교두님, 아침 식사는 하셨습니까."

"날씨가 좋습니다 그려."

서가촌의 주민들 입장에서 장건은 구세주나 다름없었다. 조용하던 마을에 활기를 찾아주고, 명맥만 유지하던 촌락을 새롭게 부흥시킨 고마운 이였다.

고마운 건 물론이고, 나이는 어리지만 무공의 고수인데다 나라의 관리이기도 한 까닭에 장건에게 함부로 하대를 하는 이들은 거의 없었다. 대부분이 장건에게 존칭을 썼다.

처음엔 존댓말로 인사를 받는 것조차 어색해하던 장건이

지만 요즘은 많이 익숙해졌다.

날카롭게 각을 세우고 늘상 시비를 걸던 강호 무림과 달리 이곳에서의 하루는 편안했다.

만나면 칼질부터 하는 곳이 정상이 아니라 만나면 반갑게 인사를 하는 이런 곳이 바로 정상적으로 사람이 살아야 할 곳인 것이다.

장건은 행복했다. 가끔은 지루하기까지 한 일상이 장건에게는 가장 소망하고 바라던 하루였다.

한데 요즘은 조금씩 불안한 일들이 벌어지고 있었다. 장건의 평화로운 일상이 흔들리려 하고 있었다.

그리고 그걸 느끼고 있는 건 장건 혼자만이 아니었다.

서가촌의 촌장이 갓길에서 장건을 기다리고 있다가 손을 들었다.

"아, 장 교두님. 오셨습니까."

장건은 슥슥 미끄러지듯 달리던 걸음을 멈추고 수염이 허연 촌장에게 꾸벅 합장을 했다.

"안녕하세요, 촌장님."

하지만 촌장의 얼굴은 그리 밝지 못했다.

"후우. 안녕이라…… 장 교두께서도 알다시피……."

장건의 얼굴도 어두워졌다.

"어제도 문제가 있었나요?"

"그렇습니다. 밤중에 서가 객잔에서 몇몇 무림인끼리 시비가 붙었는데 탁자가 세 개나 박살 나고 칼까지 뽑아 들어서 분위기가 아주 흉흉했다오."

"정말 큰일이네요."

"변상을 안 하고 갔으면 관청에라도 말해 보겠는데 변상은 또 딱딱 해 줘서…… 뭐 관청에 찌른다고 해결될 것 같지도 않지만서리."

촌장이 장건의 눈치를 슬쩍 보고 물었다.

"장 교두. 장 교두의 힘으로 어떻게 안 되겠소?"

장건은 뒷머리를 긁적였다.

"글쎄요. 저도 제가 어떻게 해야 할지 모르겠어요."

"뭘 어떻게 하긴, 장 교두의 무공으로 그냥 팍! 팍팍! 해 가지구 쫓아내 버리면……."

촌장이 손발을 허우적대며 무공을 쓰는 흉내를 내다가 이내 고개를 저었다.

"역시 안 되겠지? 듣자 하니 저 무림인들도 보통 사람들이 아니라고 하더구랴. 말로만 듣던 십대 문파? 뭐 그런 곳에서 온 높은 도사님이고 막 그렇다더이다."

"예."

"에휴. 대체 그 높으신 분들이 왜 여기에 와서 저러는지 원……."

촌장의 한숨에 장건도 같이 침울해했다.

그렇다. 장건의 평온한 일상을 위협하는 문제.

그건 바로 각 문파의 장로들이다. 그들이 서가촌의 분위기를 해치고 있었던 것이다.

서로 간에 적대심이 어찌나 강한지 만나기만 하면 으르렁댔다. 툭하면 언성이 높아지고, 칼부림이 일어날 정도로 살벌한 분위기가 형성되었다. 그게 한두 명이 그러는 것도 아니고 패거리로 뭉쳐서 매일을 그러고 있으니…….

아무래도 일반인들의 입장에서야 무서운 게 사실이었다. 괜히 지나가다가 눈먼 칼에라도 맞을까 봐 두려웠다.

간혹 장로들이 힘자랑을 한답시고 주춧돌에 손바닥을 푹 찍어 자국을 낸다거나, 두터운 나무 기둥을 두부로 생각하는 냥 나무젓가락을 푹푹 박아 버리고 하는 걸 보면 일반인들은 기겁을 했다.

사람의 뼈가 돌보다 튼튼하고 피부가 기둥 껍질보다 단단하진 않을 것 아닌가!

게다가 그들이 내뿜는 살기는 보통 사람들이 감당할 수 있는 수준이 아니었다. 몇몇이 적대적으로 살기를 뻗어내면 근처에 있는 이들은 오한이 든 것처럼 덜덜 떨어댈 수밖에 없었다.

그래서 사람들은 그들이 나타나면 다들 피해 다니기에

바빴다. 서가촌은 온갖 인파로 붐비는데 그들의 주변에만 구멍이 뻥 뚫린 것처럼 사람들이 없었다.

그러다 보니 장로들은 서가촌이 자신들의 안방인 냥 더욱 의기양양하게 휘젓고 다녔다. 처음엔 예약을 해야 겨우 앉을 수 있던 다관에도 그냥 가서 얼굴만 비추면 사람들이 알아서 죄다 빠져나갔다.

장건이라고 그런 꼴이 보기 좋겠는가?

하지만 딱히 그들을 내쫓을 만한 대외적인 명분이나 빌미가 없으니 그게 더 큰일인 셈이었다. 그들이 대놓고 일반인들을 건드리거나 한 건 아니기 때문이다.

장건은 촌장이 계속 한숨을 내쉬는 걸 보다가 고개를 끄덕였다.

"알겠어요. 제가 퇴근하고 한 번 가서 얘기해 볼게요."

*   *   *

"뭐?"

다관 하나를 통째로 빌린 듯 떡하니 자리를 차지하고 있던 공동파와 광동 진가 등 몇 개 문파의 장로, 제자들이 장건을 째려보았다.

"우리더러 행동을 조심하라고?"

공동파 장로의 말에 장건이 고개를 끄덕였다. 장건은 지금 막 그들에게 조금 조심해서 다녀 주시면 안 되느냐고 말한 터였다.

"네."

"허, 기가 막히는군."

공동파 장로가 버럭 성질을 부렸다.

"남궁가와 그 일당들이 먼저 시비를 거니 어쩔 수 없이 상대한 것을! 어째서 우리에게만 책임을 뒤집어씌우는 거냐?"

"서로 조금씩만 양보해 주시면 좋잖아요. 자꾸 언성을 높이고 화를 내시면 다른 사람들이 곤란해하니까요."

"다른 사람들?"

공동파 장로가 그들 외에 아무도 없는 다관 안을 팔로 휘저어보였다.

"다른 사람들 누구? 보다시피 아무도 없구나. 우리가 누군가에게 피해를 준다 생각한다면 그 사람을 데려와 봐라. 무릎 꿇고 사과하마."

당장에 다관의 주인과 점소이들이 한숨을 푹푹 내쉬고 있었으나, 장건의 눈길을 받고는 바로 시선을 돌려버렸다. 공동파 장로의 옆에서 무림인들이 눈을 부릅뜬 채 쳐다보고 있었기 때문이었다.

서가촌의 몰락 15

장건은 어쩔 수 없다는 듯 고개를 설레설레 저었다. 그러곤 장로들을 보며 물었다.

"그럼 제가 어떻게 해드리면 될까요?"

"네가 뭘 어떻게 해 줘서 뭐가 어떻게 된단 말이냐."

"왜 여기에서 이러시는지 모르겠지만……."

"내가 내 발로 오고 가겠다는 데 네 허락을 받고 가야 할까?"

"아뇨, 그건 아니고요."

공동파의 장로가 짜증을 내며 말했다.

"혹시 네가 그것을 내준다면, 당장에라도 여길 떠나줄 수 있다."

"네? 그것이라뇨?"

"흠. 천문비록 말이다."

"전 그런 것 없는데요."

그럴 줄 알았다는 듯이 각 문파의 장로와 제자들이 코웃음을 쳤다. 장건의 말을 믿지 않는 것이다.

그때 눈치 빠른 광동 진가의 장로가 끼어들었다.

"그렇다면 각서를……."

장건이 살짝 반색했다.

"아, 그럼 비무를 하시겠어요?"

말을 꺼낸 광동 진가의 장로는 물론이고 동석한 장로들

도 찔끔 놀랐다.

"비무는 됐으니까 각서를……."

광동 진가는 애초에 장건과 싸울 생각이 없었다. 다른 문파들과 시비가 얽힌 거야 좀 그렇지만, 어쨌거나 각서를 체결하면 소기의 목적은 달성하는 셈이었다.

"비무는 안 하고요?"

장건이 되물었다. 장건의 입장에서야 굳이 비무를 안하고 각서를 쓰면 그것도 나쁜 일은 아니었다.

하지만 갑자기 다관 밖에서 불쾌한 말투의 음성이 들려왔다.

"그게 말이 되나. 규칙은 지켜야지."

남궁가 노고수의 목소리였다. 남궁가의 제자를 비롯 진주 언가와 점창파의 제자도 있었다. 서로 적당한 거리를 두고 감시하는 터라 수상한 낌새가 느껴지자 재빨리 나타난 것이었다.

"두더지처럼 처박혀서 무슨 꿍꿍이인가 했더니 여기서 이런 수작을 벌이고 있었군."

"뭐야? 두더지?"

"우리가 두려운가 보지? 이쯤에서 꼬리를 말고 달아나시겠다? 어디 한 번 그래 보시지. 죽을 때까지 강호의 웃음거리로 만들어 줄 테니."

남궁가 노고수의 조롱에 공동파의 장로가 분노했다.

쾅!

"어디서 돼먹지 않은 소리를!"

공동파의 장로가 맨손으로 두터운 탁자를 박살 내며 자리에서 일어섰다. 동시에 공동파의 제자는 주인에게 달려가서 탁자 금액을 배상했다. 자연스러운 모습이었다. 종종 있는 일인지 장건과 다관의 주인, 점소이 외에는 누구도 그 모습을 신경 쓰지 않고 있었다.

공동파의 장로가 남궁가를 위시로 한 무리를 노려보았다.

"그렇게 자신 있으면 이쪽에서 양보할 터이니 먼저 나서든가 하라고 했지!"

"허허, 내가 먼저 양보한다고 하지 않았던가? 그런데 뒤꽁무니로 수작을 부린 건 그쪽이지."

곧 든든한 지원군이 도착할 예정인데 남궁가라고 당장에 무리를 할 생각 같은 건 조금도 없었다.

장건이 실력자로 꼽히는 흑풍객 변인을 처참하게(?) 쓰러뜨린 걸 똑똑히 보았다. 자신들이 변인을 압도할 실력이 아닌 이상에야 장건과 비무를 해서 승리를 점치긴 어려웠다. 하여 굳이 비무를 자청해 꼴사나운 모습이 될 생각 따위는 조금도 없었다.

지금의 상황은 크게 남궁가의 세력과 공동파의 세력, 그리고 약간 애매한 상태에 있는 전진파의 세력으로 나뉘어 있다. 거기서 또 문파 개개끼리의 감정적인 얽힘까지 따지자면 굉장히 복잡했다. 여기서 자칫 운신을 잘못하면 일을 실패하여 문파에서 욕이나 먹을 테고, 잘해 봐야 아니 운이 좋아야 본전이었다.

어차피 최고수들이 도착하면 결판이 날 일이었다. 그때는 장건의 일과 문파간의 알력싸움이 모두 최고수들의 몫이 된다. 자신들의 역할은 끝나고 무거운 책임에서 슬쩍 발을 뺄 수 있는 것이다.

그래서 장로들은 최고수들이 올 때까지 장건과 싸우는 건 물론이고 사태를 해결해야겠다는 의지가 없었다. 지금의 대치상태 그대로를 유지하다가 최고수들에게 인계하고 물러나고 싶었다.

그렇다고 그때까지 아무것도 안 할 수도 없고, 또 상대측이 무슨 짓을 할지 모르니 뭔가 하기는 해야겠고…….

하여 선택한 것이 상대를 감시하며 딴생각 하지 못하도록 트집을 잡는 것이었!

자신이 열심히 하려했지만 어쩔 수 없었다는 걸 보여주기 위해서라도 쉬지 않고 계속해서 대치할 필요성이 생긴 것이다.

처음엔 악감정이 섞여 대립각이 세워졌었는데 지금은 현상유지를 위해 서로 간에 같은 마음으로 고의적인 대립을 하는 셈이었다. 그러다 보니 전보다 더 자꾸만 싸움이 나고 시비가 붙었다.

즉, 정말로 서로가 죽자고 싸울 생각은 전혀 없었던 것이다…….

그런 속셈을 최대한 감추려는 듯 남궁가 노고수와 공동파의 장로는 핏대까지 세워가며 서로를 성토해 댔다.

"지금 그걸 말이라고! 말 다했소?"

"그래, 다했소이다. 어쩔 거요!"

금세 언성이 높아지고 무례한 언사들이 오갔다. 남들이 듣고 보라고 하는 행동이니 분위기는 순식간에 달아올랐다.

장건이 '저…….' 하고 말리려는데 도저히 끼어들 틈이 없었다.

"거. 애들도 아니고 무슨……."

"넌 또 뭐야!"

"당신은 가만히 있어!"

오가는 막말을 들으며 장건의 표정은 점점 더 어두워져 갔다.

공동파의 장로가 씩씩거리며 장건을 보고 소리쳤다.

"봤지? 저놈들이 먼저 시비 거는 거! 이래도 우리가 참아야 한다고 생각하냐!"

남궁가의 노고수도 질 새라 장건을 향해 외쳤다.

"누가 옳은지 네가 한 번 말해 보아라. 먼저 약속을 깬 놈이 잘못한 건지 아니면 약속을 깬 걸 따지는 쪽이 잘못한 건지!"

장건은 절로 한숨이 나왔다.

도대체 어떻게 해야 하지?

*   *   *

"그래서 그냥 왔어?"

소녀들의 황망한 얼굴에 장건이 한숨을 쉬었다.

"어쩔 수 없었어요. 제가 끼어들 틈이 없더라고요. 말 한 마디도 제대로 못한 걸요."

"아이고야! 그렇다고 그냥 오면 어떻게 해?"

양소은은 답답해서 가슴을 탁탁 치자 백리연이 고개를 설레설레 저었다.

양소은이 답답한 거야 이해하지만, 그렇다고 장건에게 무작정 시비를 걸고 싸우라고 할 수도 없는 노릇이었다.

장건의 성격상 시비를 먼저 걸 리 없는 건 당연하고, 게

다가 명색이 거대 문파의 장로들인지라 실력이 아주 얕볼 수준도 아닌 터. 그들이 힘을 합친다면 되려 장건이 당할 수도 있었다.

"큰일이네, 정말."

소녀들은 여러 의미에서 걱정스러운 한숨을 내쉬었다.

최근 매출이 떨어지고 있는 것도 걱정 중의 하나였다. 물론 그것이 사방팔방 난동을 피우고 다니는 장로들 탓이라는 건 자명했다.

* * *

장건이 용기를 내어 나서 보았지만 상황은 아무것도 변하지 않았다.

서가촌의 소란은 좀처럼 가라앉지 않았다. 오히려 남 보기엔 도를 더해가는 듯했다.

시비가 나서 장로들끼리 직접적인 신체적 접촉까지 가는 일은 드물었지만, 가끔은 문하 제자들을 시켜서 대리 싸움을 벌이는 지경에까지 이르렀다.

그렇게 하루하루가 지나갔다.

매일매일 서가촌에서 쉼 없는 고성과 칼질이 계속되고 있었다.

그러다 보니 서가촌의 분위기는 흉흉하기 이를 데 없었다. 싸움구경이 재밌다지만, 그것도 적당해야 재밌는 법이다. 장로들이 살기를 줄기줄기 내뿜으며 내공 섞인 고함을 지르는 통에 지나던 일반인들은 기절하는 경우까지 생기는데 재미있을 리가 없었다.

자연히 서가촌을 찾는 사람들의 수는 점점 줄어들었다.

특히나 방문객들은 가족 단위의 관광객과 심약한 서생들이 대다수였기 때문에 험상궂은 노인네들이 병장기를 들고 눈을 부라리며 온 동네를 돌아다니는 꼴을 견뎌 내지 못했다.

그들이 칼을 휘두르면서 꼬장을 피우기 시작하면 거짓말 약간 보태서 일각 안에 주변 십 리가 인적 없이 텅 비어버릴 정도였다.

오죽하면 충무원의 수련생들도 되도록 충무원 밖으로 나가려 하지 않았다. 장건과 관계가 있는 이들인지라 유독 각 대 문파의 관심을 받는 일이 많았기 때문이었다.

상황이 이러하니 다관들은 파리만 날리고, 더불어 소녀들의 장사 수입도 시원찮게 되고 말았다.

하나둘 사람들이 발길을 끊었다.

서가촌은 눈에 띌 정도로 한적해져갔다.

때문에 요즘 서가촌에서는 시를 읊고 음풍농월하는 서생

들과 즐거운 표정의 방문객들을 쉬이 볼 수 없었다. 흐린 날씨와 기분 나쁜 더위와 눅눅한 공기, 그리고 칼을 들고 설치는 노인네들만이 종종 보일 뿐이었다.

그러던 중……

장마가 찾아왔다.

추적추적 비가 내렸다.

가뜩이나 더운 날씨에 툭하면 비가 내려 습하기까지 한 여름이 시작되고 있었다.

양소은이 죽립을 벗으며 하연홍의 가게로 들어섰다.

"아, 덥고 눅눅하고 아주 죽겠네. 이게 땀이 난 건지 비 맞아서 젖은 건지 모르겠어."

양소은은 진저리를 내며 몸을 털었다.

"여기 여름은 엄청 짧다던데 도대체 언제 끝나는 거야?"

"시작한 지도. 얼마 안 된 거 같은데요?"

날이 어둑하긴 해도 갓 정오를 지난지라 하연홍이 의아한 얼굴로 물었다.

"근데 오늘은 무관 안 해요?"

"수련생들이 와야 하지."

양소은의 무관에 등록한 수련생 대부분이 서생들이었다. 무술에 뜻을 둔 게 아니라 건강 차원에서 배우고 있는 중이라 궂은 날엔 대개 오지 않았다. 아닌 게 아니라 가만히만 있어도 땀이 줄줄 흐르고 비 때문에 땅까지 질척거리니 먼 거리를 오가는 게 쉬운 일이 아니었다.

그러나 정작 진짜 이유는 따로 있다는 걸 양소은도 모르는 바 아니었다. 비를 핑계 삼아 서가촌에 발길을 끊은 이들이 한두 명이 아니었으니…….

양소은은 투덜거리는 것도 짜증 나는지 털썩 자리에 앉았다.

"국수나 한 그릇 줘."

"네. 조금만 기다리세요."

하연홍이 금세 한 그릇을 퍼왔다.

양소은이 쩝 하고 입맛을 다시며 젓가락을 들었다.

"너네 가게도 장사 되게 안 되나 보다. 사람이 한 명도 없네."

하연홍이 어깨를 으쓱했다.

"그러게요. 요즘 들어 손님이 없네요. 단골들도 이제 안 오세요."

"나도 지난달보다 수련생들이 확 줄어서 죽겠어."

"정말 큰일이에요."

그때 밖에서 시끄러운 소리가 들려왔다. 하연홍과 양소은의 고개가 절로 창밖으로 돌아갔다.

누군가 고함을 지르고 있었다.

"네놈은 뭔데 떡하니 길 한가운데를 막고 있는 게야?"

"아니, 길도 넓은데 누가 막고 있다고 난리치시는 거요?"

"네놈이 막고 있지 않으냐!"

"나야 갈 길을 가고 있는 건데 왜 멀쩡한 사람에게 시비를 거시는지? 보기 싫으면 댁이 비켜 가시면 될 거 아뇨."

"댁? 지금 댁이라고 했어? 이놈이 어디다 대고 댁이야?"

"허, 대우를 받고 싶으면 나잇값을 하셔야지. 나이를 헛으로 처드셨나. 왜 아무데서나 야료를 부리셔?"

"네 이놈, 야료라니! 네가 지금 나를 능멸하느냐."

챙!

"뭐야. 칼 뽑았어? 한 판 해 보자 이거요?"

옥신각신 떠드는 소리였다. 근데 그냥 떠드는 게 아니라 은근히 말에 내공을 섞어서 비가 오는데도 소리가 쩌렁거리고 울린다.

부르르르, 가게 문과 벽이 떨려댔다.

양소은이 한숨을 쉬었다.

"하아! 정말 여름이 지난다고 나아질까?"

"이러다간 가게 세도 못 내게 되겠어요. 그렇다고 마땅한 대책도 없으니……."

양소은이 짜증을 부렸다.

"아, 진짜 저놈의 망할 노인네들 때문에!"

아직도 밖에서 들려오는 고성이 양소은의 얼굴을 더욱 찌푸려지게 만들었다.

*　　*　　*

네 소녀들이 모여서 머리를 맞댔다.

"어떻게든 쫓아내야 해!"

그것이 소녀들의 공통된 입장이었다.

소녀들은 일시에 장건을 쳐다보았다. 구석에서 불을 지피던 상달도 울분에 찬 목소리로 외쳤다.

"저도 요즘 실업자 다 됐다고요!"

장건이 흠칫하고 몸을 떨었다. 그러더니 소녀들과 상달의 눈을 슬슬 피한다.

장건의 평상시 모습이 아니다. 어딘가 모르게 주눅이 들어 있는 모습의 장건이었다.

소녀들이 한 번 더 언성을 높였다.

"우리가 망할 때까지 저 노인네들이 엉덩이를 붙이고 있게 놔둘 순 없다고!"

소녀들의 날선 눈초리에 장건이 또 찔끔했다. 장건이 미적거리는 모습은 생소하기까지 할 지경이다.

제갈영이 장건에게 말을 걸었다.

"오라버니, 정말 이대로 가만히 있을 거야?"

"그게……."

"어휴!"

장건이 난색을 표하자 제갈영은 답답해서 가슴을 두드렸다.

처음엔 왜 거대 문파의 장로들이 서가촌에 잔뜩 모여들었는지 알 수 없었다.

그 이유도 한참 만에, 근래 들어서야 알게 되었다.

본래 장건과 비무를 하기 위해서 온 거라나?

그럼 그냥 조용히 비무나 하고 가면 될 텐데, 하라는 비무는 안하고 정작 자기네들끼리 한 달 남짓 눈치만 보고 있었던 것이다!

그들은 여전히 자신들끼리 싸우는 데 열중할 뿐이었다. 전엔 니가 먼지 하네, 내가 먼지 하네 하면서 싸우더니 변인의 사건 이후로는 그냥 눈만 마주치면 별일 아닌 것으로도 싸웠다.

그러다가 헤어질 땐 하나같이 의미심장한 미소를 지으면서 '훗' 하고 고개를 돌리는데, 옆에서 지켜보고 있으면 완전히 미친놈이 따로 없었다.

소녀들은 물론이고 서가촌의 원주민들이나 찾아온 상인들도 그들을 쫓아내고 싶은 마음이 간절했다.

한데 딱히 쫓아낼 명분이 없었다. 아슬아슬하게 경계선을 지키면서 최악의 선까지는 넘지 않았기 때문이었다. 시끄럽게 군다는 이유만으로 관부에서 개입하기도 조금 애매하고, 또 워낙 고수들인지라 무력으로 쫓아내기도 어려웠다.

"계속 이러면 진짜 큰일 날 거야. 아니, 이미 큰일은 났지."

"장 소협, 정말 어떻게 안 되겠어요?"

장건은 난감했다.

그렇다고 막무가내로 두들겨 패서 쫓아낼 수도 없는 노릇이었다.

그때 상달이 끼어들었다.

"안되겠습니다. 이제 마지막 방법을 쓰도록 합시다요."

네 소녀와 장건이 상달을 쳐다보았다.

"마지막 방법?"

"예. 이리 좀 와보세요."

상달이 가까이 오라는 듯 손짓하여 장건을 빼고 소녀들만 불러 모았다.

그러곤 품에서 호리병 하나를 꺼내며 은밀하게 속삭였다.

"술을 먹이죠."

번쩍!

어두운 창밖에서 번개가 쳤다.

소녀들의 눈동자가 동시에 빛난 것은 번개가 비춘 탓이었을까, 아니면 다른 의미였을까.

스윽.

소녀들이 장건을 돌아보는데 눈빛이 무심한 듯하면서도 으실으실 차갑다.

장건은 소녀들에게서 느껴지는 오한에 몸을 움츠렸다. 바로 앞에서 한 말인데 아무리 상달이 조그맣게 얘기했어도 듣지 못했을 리가 없다.

"아하하하."

장건이 주춤거리며 뒤로 물러났다.

소녀들이 스산한 눈빛으로 장건을 보고 말했다.

"자아, 선택하세요."

"뭐, 뭘 말예요?"

"우릴 다 망하게 하든가, 아니면 저 노인네들을 쫓아내든가요!"

"망하는 것도 싫지만, 그래도 쫓아내려면 뭔가 이유가

있어야······."

양소은이 언성을 높였다.

"지금 이 정도면 됐지! 무슨 이유가 더 필요해!"

상달은 고개를 끄덕끄덕하며 호리병을 내밀었다.

"걱정 마십쇼. 시비 거는 거야 제 전문입죠. 입은 제가 털어드릴 테니까 뒤만 맡아 주십쇼."

"아니, 이건 안 돼요. 방장 사백님께서 절대로······."

"맨 정신으로 하실 수 있으면, 뭐 저야 상관없습니다. 전 입만 털고 뛸 거니까요."

"그냥 제가 알아서 해볼게요!"

장건이 손사래를 치며 문으로 가 섰다.

문을 열자 장대비가 들이쳤다.

우르릉.

쏴아아아.

천둥이 치고 비가 내리는 밖.

부르르르.

장건은 몸을 떨고는 크게 심호흡을 했다.

뒤에서 지켜보던 소녀들이 긴장의 눈으로 장건을 지켜보았다.

추적추적 내리는 비.

저게 장건을 소심하게 만든 가장 큰 원인이라는 걸 소녀들도 알고 있었다.

이유야 뻔하다.

옷이 더러워질까 봐서다!

슬쩍, 장건이 문밖을 향해 한 발을 내딛더니 이내 쏟아지는 빗속으로 몸을 들이밀었다.

장건이 빗속에 서 있는데 몸에서 타닥타닥 소리가 났다. 희미하게 뭔가가 튕기는 소리였다. 장건은 미동도 않고 그대로 서 있었다.

타다닥.

장건의 몸 위로 작은 안개가 피어났다. 잘게 부서진 물기가 튀어 나가며 만들어진 안개였다.

이것이 비가 오는 날 장건이 다니는 방법이었다. 기의 가닥을 넓게 펼쳐서 마치 우의(雨衣)를 걸치듯 하는 것이다.

강호에도 비슷한 수법이 있었다. 장건과 방법은 다르지만 정순한 내공을 가진 고수들은 기의 막으로 전신을 감쌀 수 있었다. 그러나 내공 소모가 심해서 오래 지속해서 쓸 수기 없었다. 그게 최고의 단점이었다.

장건의 경우엔 기의 가닥을 일상에서 늘 쓰기 때문에 오래 지속하는 건 가능했다. 기의 가닥을 펼치고 비를 맞지 않으며 소림사에서 서가촌까지 경공으로 달려오는 것도 가능했다.

하나 이것 역시 단점이 있었다. 기의 가닥은 좋은 수단이긴 하지만 일전에 원호나 마해 곽모수 때처럼 고수들을 상대로는 마음 편히 쓸 수가 없었다. 조금 방심하거나 파훼법을 들키면 기의 가닥이 흩어져 버려서 순식간에 쫄딱 비를 맞게 될 터였다.

깨끗한 비를 적당히 맞는 것 자체는 괜찮다. 말리면 그만이니까.

하지만 군데군데 황사가 섞인 비였다. 맞으면 옷에 얼룩이 생긴다.

게다가 지금은 소나기가 아니라 장맛비가 내리는 중이었다. 길은 온통 진흙탕이었고 군데군데엔 웅덩이가 고였다. 조금만 발을 잘못 디뎌도 신발이며 바지가 더러워질 게 뻔했다.

이런 환경에서 고수들을 상대로 무공을 쓴다는 건 장건으로서는 끔찍한 일이었던 것이다.

하여 장건은 빗속으로 들어서긴 했으되 쉽게 발걸음을 움직이지 못하였다. 장건에게는 정말 지독히도 잔인한 날씨였다.

한번은 소녀들이 억지로 장건에게 흙탕물 위를 걷게 만들었는데, 발을 내딛기도 전에 장건의 전신에 소름이 쭉 돋는 걸 보곤 차마 끝까지 강요하지 못한 적도 있었다.

하지만 서가촌 분란의 주범인 장로들은 장건과 달랐다. 옷이 흙탕물에 더러워지는 것 따윈 신경도 쓰지 않았다.

비가 오면 객잔에 머물던가 해서 얼굴이라도 안 보이면 좋은데, 보통의 노인네들도 아니고 거대 문파와 세가에서도 장로급인 이들이었다. 내공이 고강하여 비가 오든 말든 개의치 않고 쏘다녔다. 젖은 옷 따위는 잠깐이면 말렸고 더러워진 옷은 문하 제자를 시켜 빨래하면 그만이었다.

그 어떤 궂은 날씨도 그들을 막을 수 없었다.

"흑풍객도 쓰러뜨린 장 소협의 최대 약점이 고작 비라고 하면 누가 믿을까……."

"이러다 우리 다 망하겠네……."

소녀들의 한숨이 깊어졌다.

장건은 미안한 표정으로 소녀들을 쳐다보았다. 하지만 어쩌겠는가. 무공의 근간이 그렇게 연결되어 있는 것을.

그야말로 소녀들에게는, 그리고 장건에게는 지옥 같은 장마였다.

하연홍이 탄식하듯 중얼거렸다.

"세상에 공짜는 없다는 말이 틀리지 않구나. 무공이 고강해지는 대가를 이런 식으로 치를 줄이야……."

상달이 분위기도 모르고 손가락을 치켜들었다.

"역시 장 소협입니다요. 옷이 더러워질까 봐 싸울 수가 없다니."

 상달의 입장에서는 거대 문파 장로들이 무서워서가 아니라 옷이 더러워지는 게 무서워서 싸우기 힘들어하는 장건이 대단해 보일 수도 있었다.

 하지만 소녀들은 아니었다.

 소녀들이 죽일듯한 눈으로 상달을 째려보았다.

 "지금 누굴 놀려?"

 상달이 급히 말을 돌렸다.

 "그럴 리가 있겠습니까요. 어? 잠깐! 그럼 혹시 이런 방법은 어떻겠습니까?"

 "뭔데?"

 양소은이 손가락 관절을 부딪쳐서 우드득 소리를 냈다. 헛소리를 하면 주먹맛을 보여주겠다는 완곡한…… 표현이었다.

 상달은 그럴 일이 전혀 없을 거란 표정으로 말했다.

 "철포삼입니다."

 "철포삼?"

 장건이 되묻자, 상달이 답했다.

 "직접 보여드리죠."

 상달은 살짝 다리를 벌려 엉거주춤한 마보를 서고는 몇 번이나 호흡을 가다듬다가 내공을 끌어올렸다.

"하아아앗!"

상달의 옷이 부푸는가 싶더니 주름이 하나둘 사라지고 옷깃이 빳빳해지기 시작했다.

시뻘건 숯이 든 화두(火斗)로 잘 다려낸 옷처럼 구김 없이 장포가 땡땡해졌다.

갑자기 상달이 끙, 하고 오만상을 다 쓰면서 양소은에게 마구 눈짓했다.

"음음! 음음!"

"왜? 뭐?"

"음음읍!"

양소은이 고개를 설레설레 젓더니 들고 잇던 단봉으로 가볍게 상달의 옆구리를 쳤다.

딱!

옷 위를 쳤는데 단단한 돌덩이를 친 듯한 소리가 났다.

그제야 상달이 참았던 숨을 토해 냈다. 바람이 빠진 것처럼 장포가 푹 가라앉으면서 쭈글쭈글해졌다.

"푸함! 봤죠? 바로 이게 천포삼이죠."

장건이 물었다.

"그건 왜 하는 거예요?"

"옷을 단단하게 만들어서 암기나 도검을 막아 낸다거나, 혹은 소매를 날카롭게 세워서 무기처럼 이용한다거나 할 때 쓰는 것이죠. 쉽게 말하면 검에 기를 불어넣어서 검기를 뽑는 것처럼 옷감에 직접 기를 넣어서 강기(剛氣)를 덧씌우는 겁니다."

상달이 굉장히 중요한 얘기를 하는 것처럼 말을 낮추었다.

"하지만 소림사에는 철포삼보다도 더욱 강력한 무공이 있지요. 바로 금종조(金鐘罩) 되시겠습니다."

하연홍이 눈을 휘둥그레 떴다.

"금종조!"

"그렇습니다. 금종조라면 도검도 뚫지 못하는데 빗물이나 흙탕물 따위는 어림도 없지요."

소림사의 상승 무공 중 하나인 금종조를 겨우 빗물이나 흙탕물 막는데 쓰겠다니!

정말로 기가 막힌 얘기였지만 이 자리의 누구도 그것이 절대 과하다는 생각은 들지 않았다. 장건에게 있어서 빗물과 흙탕물은 그 어떤 고수를 상대하는 것보다도 어려운 일이었다.

"그러니까 방장 대사님께 말씀드려서 금종조를 배우면……."

상달이 얘기를 하다가 말을 멈추었다.

부웅 탁, 부웅 탁.

장건의 옷이 부풀었다가 줄어들고, 또 부풀었다가 다시 줄어들고 그러고 있었다.

"응?"

부우웅, 탁. 부우웅, 탁.

부풀었다가 가라앉기를 여러 번, 점차 부푸는 크기가 줄어들기 시작했다. 그러다가 종내는 옷의 주름만 사라졌다가 생겨났다가 사라졌다가 생겨났다가 했다.

굉장히 어색하고도 기이한 광경이었다.

그러나 어딘가 모르게 금종조에 굉장히 유사했다!

철포삼과 달리 금종조는 옷이 크게 부풀지 않으면서 자연스럽게 내공이 깃들었다. 철포삼이 옷에 바람이 든 것처럼 둥글게 부푼다면 금종조는 장포의 모양대로 살짝 부풀었다.

가사를 입고 금종조를 구사하면 위쪽이 거의 부풀지 않고 늘어진 아래쪽은 더 크게 부풀어서 그 모습이 마치 종의 모양과도 같아 금종조라 부른다고도 했다. 혹은 쇠로 만든 종을 씌운 것처럼 단단해진다 하여 그리 부른다는 말도 있었다.

장건의 경우에는 좀 심각하게 부풀지 않은 모양새였으나 거의 금종조나 마찬가지였다.

상달이 기가 막혀서 목소리를 높였다.

"언제 금종조를 좀 해 보셨습니까? 그거 배우기도 엄청 힘들다던데!"

그제야 소녀들도 눈을 동그랗게 떴다.

"어? 그게 금종조였어?"

"우와, 도대체 금종조는 언제 배운 거야?"

장건이 되물었다.

"아하, 이게 용조수가 아니라 금종조라는 거예요?"

"……!"

네 소녀와 상달이 동시에 외쳤다.

"어떻게 하면 그게 용조수가 되는데!"

장건도 대답했다.

"전 원래 용조수를 빨래하고 물기 짤 때 편해서 자주 썼거든요. 처음엔 손으로 털고 나중엔 내공을 썼어요."

장건은 하연홍에게 행주로 쓰는 천을 받아 시범을 보였다. 천을 물에 적신 후 탁 하고 털었다. 이불 접기 할 때와 비슷한 모양새였다.

두세 번 흔들며 터는 동안 물기가 튀면서 천은 거의 마른 상태가 되었다.

"나중에 이리저리 연구해 보니까 어차피 내공을 쓰는 거면 굳이 팔을 쓰지 않아도 가능하겠더라구요."

장건은 천을 다시 물에 적셨다가 들어 올렸다.

"이렇게 들고서 용조수로 짚어야 하는 곳에 순서대로 내공을 넣어 이동시키면."

그 순간 천이 뻣뻣하게 퍼지면서 안에 공기를 넣은 듯 이곳저곳 팍팍 부푸는가 싶더니 삽시간에 쪼그라들면서 물기가 쭉 빠지기 시작했다.

천은 금세 말랐다. 마르기도 잘 말랐지만 다림질을 한 것처럼 말끔하게 펴지기까지 했다.

"이게 금종조라는 거였어요? 이걸 지금 입고 있는 옷에 응용해봤더니 잘 되는데요."

장건의 말대로라면 용조수에서 이어진 맥락이니 용조수라 생각한 것도 무리는 아니었다. 그러나 그걸 용조수라고 한다면 좀 너무 멀리 나간 셈이다.

하나 어차피 장건의 무공 대부분은 생활형에서 시작한 바, 그걸 모르는 소녀들이 아니었다.

장건은 몇 번 더 옷의 주름을 없애고 뻣뻣하게 만들었다가 다시 자연스레 늘어뜨렸다가 하더니, 감탄했다.

"와아. 이거 정말 편하네요. 기의 가닥을 꺼내 쓰는 것보다 옷에 아예 기를 배이게 하는 게 더 쉬워요! 조금만 연습을 더 해 보면 되겠어요."

네 소녀와 상달의 눈이 퀭해졌다.

'별로 쉬운 건 아닌 거 같은데.'

'쇠로 만든 칼도 공력 조절을 잘못하면 깨지는 마당에 얇은 옷감에 강기를 만드는 게 쉽냐!'

'철포삼과 금종조가 쉬우면 세상에 칼 맞아 죽는 고수는 하나도 없게!'

소녀들이 어떻게 생각하든 장건은 새로 알게 된 금종조(?)를 연습하느라 여념이 없었다.

한데 얼마 후, 하연홍의 가게로 구부정한 노인 한 명이 들어왔다.

"여기 있었구먼."

"어? 촌장님."

서가촌의 촌장이었다.

갑자기 서가촌의 촌장이 바닥에 넙죽 엎드렸다.

"제발 마을을 떠나주게!"

"예?"

"부탁이니 이 마을을 떠나주게!"

장건이 당황하자 양소은이 나서서 촌장을 부축해 일으켰다.

"일어서세요, 어르신. 아무리 그래도 왜 그러시는지 말씀을 하셔야지 무릎부터 꿇으시면 어떡해요."

촌장이 한숨을 내쉬었다.

"현령에게 말했지만 들은 척도 하지 않으니 어쩌겠는가.

그렇다고 우리 같은 사람들이 저 무서운 이들을 상대할 수도 없고."

"그렇다고 우리에게 나가라고 하시면……."

"자네들이 온 후부터 이 마을이 이상해지기 시작했어. 자네들이 오지 않았으면 우리 마을은 여전히 조용하고 평화로웠을 거야."

촌장이 원망의 눈초리로 소녀들과 장건을 쳐다보았다.

"이대로라면 우리 마을은 끝장일세. 부탁이니 저 괴물 같은 사람들을 다 데리고 마을을 떠나줬으면 좋겠네. 그게 나는 물론이고 이 마을 사람들 전부의 바람일세."

장건은 큰 충격을 받았는지 멍해졌다.

그 모습을 본 양소은이 촌장을 달래며 밖으로 데리고 나갔다.

제갈영은 장건이 안쓰러워 장건의 소매를 붙들고 흔들었다.

"오라버니, 너무 신경 쓰지 마. 그게 오라버니 탓은 아니잖아."

백리연도 거들었다.

"그래요. 마음에 담아두지 말아요."

촌장을 배웅하고 돌아온 양소은이 괜히 장건을 힐끗힐끗 보면서 화를 냈다.

"아, 촌장 할아버지 너무하시네! 저 사람들이 어디 우리가 가라고 하면 갈 사람들인가? 가능한 얘기를 하셔야지. 언제는 우리가 왔다고 좋아하더니만 이젠 가라고?"

장로들이 순순히 말을 듣고 서가촌을 떠날 리 없었다. 거대 문파의 고위급이 그냥 시키면 시키는 대로 하겠는가? 자신들이 원하는 걸 얻은 후에야 떠나도 떠날 것이다.

장건은 창문 밖으로 떠나는 촌장의 뒷모습을 한참이나 바라보며 말이 없었다.

소녀들은 장건을 안타깝게 쳐다보았다. 마음 약한 장건은 분명 속으로 굉장한 상처를 입었을 터였다. 힘들어하는 게 눈에 훤히 보일 지경이었다.

장건의 선한 눈망울이 마치 금방이라도 터질 것 같은 울음을 담고 있어서 소녀들은 가슴이 아파왔다.

"이해할 수가 없어요."

장건의 말에 백리연이 되물었다.

"뭐가요?"

"왜 그분들은 다른 사람들에게 피해를 주는 걸 아무렇지도 않게 생각하는 걸까요?"

그동안 장건은 굉장히 즐겁고 평온한 생활을 지내고 있었다. 무공도 가르치고 마을 일을 하면서 마을 사람들과도 많이 친해졌다. 사람들은 장건을 보면 반갑게 인사해 주었다.

　서가촌은 활기로 넘쳐났고, 아이들의 웃음소리나 서생들의 시 읊는 소리도 정겨웠다.

　장건은 일상적인 삶이 주는 기쁨을 충분히 누릴 수 있었다.

　그런데 그런 평화로운 삶이 순식간에 깨져 버렸다.

　바로 무림인들에 의해서……

　그들이 특별한 목적이 있어서 서가촌에 들어왔다 쳐도, 남들에게 해를 끼치지 않는 한도에서 자신들끼리 그랬다면 장건도 별 신경을 쓰지 않았을 터였다.

　하지만 그들은 그러지 않았다.

　자신들의 존재감을 조금도 감추지 않고 드러내어 평범한 사람들을 겁박하고 마을의 평화를 깨뜨렸다. 그렇다고 그렇게 해서 딱히 자기들이 얻는 게 있는 것도 아니었다.

　장건에게 직접적으로 해를 가하진 않았으나, 그의 주변을 황폐하게 만듦으로써 장건에게 영향을 주었다.

　장건이 보기엔 조금도 이해할 수 없는 행동이었다. 그들은 장사 잘되는 가게에 가서 자릿세를 요구하며 깽판을 놓는 삼류 건달이나 다를 바가 없었다.

　본래 서가촌에 살던 가구가 백여 호에 불과했는데 한때 그 몇 배로 늘었다가 장로들이 온 후로는 반절로 줄었다.

외지인들은 아예 장사를 접고 떠나거나 조용히 사태를 관망하고 있었는데, 그것도 지쳤는지 점점 떠나는 이가 많아져가는 중이었다.

그래서 장건은 이번만큼은 크게 자책했다.

아무것도 하지 못한 자신에 대한 자괴감이었다.

그러나 비만 보면 단전의 내공이 움직이지 않고 몸이 오그라드는 데엔 장건도 뭘 어쩔 수가 없었다.

장건이 재차 혼잣말을 했다.

"왜 그 사람들은 남들을 이해하지 않는 걸까요?"

"그건……."

백리연이 약간 주저하자, 양소은이 대신 대답했다.

"그래도 지금은 좀 나은 거야. 전에 사파가 융성할 땐 마을 하나를 몰살시키는 일도 비일비재했다니까."

"정말요?"

장건은 놀란 얼굴을 했다가 다시 침울해했다.

그간 겪은 사건이나 무림인들이 자기에게 한 행동들을 생각해 보면 충분히 그럴 만도 하다는 생각이 들었다.

장건의 주먹이 떨렸다. 무서워서가 아니라 화가 나서였다.

"힘이 세다고 남들에게 함부로 할 수 있다는 건 아니잖아요."

그간 오랫동안 장건을 괴롭혀왔던 문제였다.

양소은이 진지한 얼굴로 말했다.

"그게 무림의 법칙인걸. 그걸 부정한다는 건 무림을 부정하는 셈이야."

"하아."

장건은 한숨을 쉬더니 고개를 돌려서 하연홍을 보았다. 하연홍은 워낙 무림기사를 좋아하는지라 처음엔 소문으로만 듣던 고수들을 보게 되었다고 들떠 있었으나, 요 며칠간 많이 핼쑥해져 있었다. 고수들의 살기와 투기가 끼친 영향이었다.

"괜찮아?"

"아니. 그냥 그래."

이젠 장건의 인내심도 한계에 이르렀다.

서가촌을 제집 안방인 냥 싸돌아다니는 저 민폐 덩어리들을 쫓아내야 했다.

무슨 수를 써서라도.

더 이상 이 지겹고 끔찍한 장마를 핑계로 달아나기만 해서는 안 되었다.

장건은 심각한 표정으로 한참을 고민하더니, 소녀들과 상달을 천천히 번갈아 보았다.

그러고는 조용히 손을 내밀었다.

"주세요, 그거."
상달은 기다렸다는 듯, 호리병을 내밀었다.
"훌륭한 선택이십니다!"

제 2장

죄송합니다

쏴아아아.

어두운 저녁, 비가 내리는 가운데 각대 문파의 장로와 제자들은 여느 때처럼 중심가의 한 다관 앞에서 회합을 가지고 있었다.

물론 정담이 오가는 흥겨운 회합이 아니라 막말이 오가는 지긋지긋한 회합이었다.

"어허! 그쪽이 잘못했다는 걸 이젠 슬슬 인정할 때도 되지 않았소이까."

"무슨 말 같잖은 소리! 거기서 사과하고 조용히 물러나면 되지, 왜 우리 쪽에 책임을 미루시오?"

"에이잉! 말이 안 통하는군."

"허허, 누가 할 소릴."

장로와 문하 제자들을 합하면 거의 오륙십 명에 이르는 인원이 빗속에서 대치하고 있었다.

앞선 장로들이 얼굴을 붉히며 싸우는 동안, 뒤쪽에 있던 장로들은 지루한 듯 고개를 흔들었다.

뒤쪽의 장로들이 소곤거리며 귀엣말을 주고받았다.

"언제까지 이래야 되는 거요?"

"본산에서 곧 지원이 올 테니 그때까진 참읍시다."

대놓고 말은 안 했지만 아마도 대부분의 장로들이 같은 생각이었을 터였다.

그렇게 거의 한 시진이나 되도록 대치는 계속되었다. 그러곤 이정도면 됐다 싶어 장로들이 슬슬 대치를 끝내고 자리를 정리하려는 투로 대화를 접었다.

"내일 또 눈에 띄면 가만두지 않겠다!"

"내일이 아니라 당장 오늘 밤을 조심하는 게 좋을 것이야!"

누가 들어도 마무리 짓는다는 인상이 강하게 드는 대화였다.

"흥!"

"크흠!"

대치하던 장로들이 코웃음을 치며 서로 반대 방향으로 고개를 돌리던 그때.

갑자기 누군가의 말소리가 들려왔다.

"아이고, 어르신들. 이제 다 끝나셨습니까요?"

어찌 들으면 빈정대는 듯 묘한 어조여서, 장로들은 불쾌한 표정으로 목소리가 들려온 쪽을 쳐다보았다.

칡 줄기를 엮은 우의를 걸친 상달이었다.

"네놈은 뭐냐?"

상달이 공손하게 읍을 했다.

"아, 저는 제갈상회에서 일하고 있는 직원입니다."

"제갈상회?"

장로들은 전혀 생각지 못한 일에 어리둥절해하며 상달에게 물었다.

"제갈상회에서 우리에게 무슨 볼일이 있는고?"

"혹시 상회 사람이 우리에게 인사라도 드리겠다 하더냐?"

제갈영이 아니라 상회에서 높은 이가 온 줄 안 장로들이었다.

"그렇다고 일개 직원을 보내나. 좀 더 높은 직급인 자가 모시러 왔어야지. 쯧쯧."

장로들이 불만을 내뱉었다.

사실 십대 문파와 오대 세가의 장로들쯤 되면 어딜 가도 대접을 받을 만하다. 정식으로 상회의 이름을 밝힌 걸 보고 의례 그랬듯 당연히 자신들을 초청하러 왔다 생각한 것이다.

하지만 상달은 대뜸 손을 내저었다.

"아닙니다요. 인사는 개뿔…… 그게 아니고요. 아무튼 저는 지금 서가촌 상가번영회를 대표해서 여러 어르신들께 알려드릴 말씀이 있어 온 것입니다요."

말은 공손한데 말투는 반대다.

장로들 중 성질이 불같은 이가 버럭 화를 냈다.

"네 이놈! 지금 무슨 헛소리를 지껄이는 게냐!"

사자후의 묘리로 목소리에 내공이 섞여 있어서 보통 사람이라면 고수들의 박력에 멋도 모르고 놀라서 주저앉을 정도였다. 그러나 상달도 보통 내기가 아니다. 그 정도는 버텨냈다.

게다가 거대 문파의 장로들에게 밉보여서 나중에 어떻게 될 거라는 걱정 따위는 별로 하지 않았다. 오황에게서도 달아난 전적이 있고, 장건이 중군도독부에 시비를 걸 때에도 현장에 있던 상달이다.

상달이 태연하게 말했다.

"여러분들께서 서가촌에서 이루 말할 수 없는 온갖 패악

질을 한 결과 상회들의 매출이 급락한 것은 잘 알고 계실 일입죠, 네네. 하여 서가촌 상가번영회에서는 삼만 냥의 배상금을 산정하였고 이를 청구하려……."

장로들이 노기를 띠고 상달을 노려보았다. 문하 제자들도 마찬가지였다.

"감히 우리에게 배상금을 청구해?"

"그래, 어디. 어느 간 큰 작자들이 배상금을 청구하는지 한 번 얼굴이나 보자."

상달이 다시 손을 내저었다.

"에이, 끝까지 들으셔야죠. 본래는 삼만 냥을 청구하려 했는데."

"했는데?"

"그냥 이대로 조용히 떠나주신다면 더 이상 책임을 묻지 않고 손해배상청구도 접어드리겠다, 결론은 이 말씀입니다요."

"허!"

문하 제자들이 상기된 얼굴로 소리를 쳤다.

"건방진 놈 같으니!"

"누구 앞이라고 헛소리를 지껄이는가!"

저마다 고함을 질러 대는데 상달은 덤덤하게 팔짱을 끼고 고개를 끄덕였다.

"으음, 그럴 줄 알았습니다. 그래서 저희 서가촌 상가번 영회에서 특별히 고수 한 분을 모셨습니다."

장로들이 고수란 말에 잠시 흠칫했다. 하나 현 강호에서 각대 문파의 장로급들 앞에서 목에 뻣뻣하게 힘을 줄 수 있는 자가 얼마나 있겠는가.

장로들은 어떤 놈인지 얼굴이나 보자며 두 눈을 시퍼렇게 뜨고 상달을 째려보았다.

상달이 뒤쪽을 보며 손짓했다.

"나오세요, 얼른. 어서요."

그러더니 장로들을 보고 다시 급하게 읍을 했다.

"그럼, 즐거운 시간 되십쇼. 헤헤."

상달은 읍이 끝나기가 무섭게 슬슬 뒤로 물러나기 시작했다.

"허어, 저놈이 끝까지?"

장로들이 화를 내며 한 마디씩을 하려는데, 상달의 뒤쪽 담벼락에서 그림자 하나가 걸어 나왔다.

검은 천으로 얼굴부터 발끝까지 전신을 둘둘 감싼 이였다.

"자객?"

"살수?"

장로들이 의외의 일에 적이 긴장했다. 한데 그 자객과도 같은 복장을 한 이가 몇 걸음을 앞으로 나오더니 넙죽 허리를 숙였다.

"죄송합니다아."

장로들은 물론이고 문하 제자들도 허리를 굽힌 괴인을 보며 어안이 벙벙했다.

"목소리가 낯익은데?"

앳된 목소리에 크지 않은 키. 결정적으로 등 뒤에 삐죽 튀어나온 기다란 무엇.

복면을 했지만 누가 봐도 그건 장건이었다!

장로들은 어이가 없었다.

"이게 대체 뭐 하는 짓인가?"

하지만 허리를 굽히고 있던 장건은 상체를 일으키며 대답 대신 전혀 딴 말을 했다.

"죄송? 아니지? 죄송하긴 뭐가? 난 하나도 안 죄송한데, 띨꾹?"

"딸꾹?"

게다가 장건은 흐느적거리기까지 했다.

장로들은 뭔가 좋지 않은 낌새를 느꼈다. 눈이 풀린 장건이 손가락을 앞으로 하더니 뒤쪽을 가리키며 까딱거렸다.

"빨리들 가세요. 가. 조오오은 말로 할 때 가."

"허?"

당연히 갈 리가 없었다. 상황이 정상적이어도 자존심 때문에 갈까 말까한데, 상황이 잘 파악이 되지 않는 가운데 섣불리 움직일 리 없다.

"장난이 심하군!"

장로 한 명이 꾸짖는 어투로 불쾌함을 표출했다.

장건이 흐릿한 동공으로 방금 말한 장로를 빤히 바라보았다.

곤륜파에서 온 장로였다.

"안가면……."

흔들!

장건의 몸이 기우뚱거리는가 싶더니 장로를 향해 걸어가기 시작했다. 아주 빠른 것은 아니었으나 휘청거리면서도 순식간에 대여섯 장을 나아갔다.

"내가 가지, 뭐."

장건이 분명하게 시비의 의지를 표방한 것이다!

하나 장건이 정확하게 장난이 심하다고 꾸짖은 곤륜파의 장로를 향해 걸어가고 있었으므로 다른 장로들은 잠시 갈등했다.

그냥 내버려 둬야 하나? 아니면 막아야 하나?

뭇 장로들이 속으로 손익을 따져보던 찰나였다. 그사이에 벌써 장건은 곤륜파 장로의 앞에 도달했다.

자파의 장로가 당하는 모습을 지켜볼 수 없었던 곤륜파 제자 강모가 장건의 앞을 가로막았다. 강모가 손을 내밀며 멈추라는 몸짓을 취했다.

"장 소협! 이러지 마시고……."

그 순간 강모는 옆으로 나뒹굴었다. 장건이 대뜸 강모가 내민 손의 손목을 잡아서 옆으로 밀어버린 것이다. 그냥 소매를 털 듯 자연스러운 움직임이었는데 강모는 거의 열 번 이상을 굴렀다.

"우아앗!"

쿠당탕탕!

장건은 거칠 것 없이 성큼 걸음을 옮겼다. 곤륜파의 장로는 사태의 심각함을 느끼고는 재빨리 공력을 끌어올렸다.

"놈!"

장로는 곤륜파의 독문보법인 천종미리보를 펼치며 장건의 쇄측으로 미끄러지듯 이동했다. 게걸음처럼 순식간에 옆으로 움직이는 것은 천종미리보의 특징이다.

"헤에?"

그 모습을 본 장건의 눈이 이채를 띠었다. 장건의 발걸음이 바뀌었다. 곤륜파 장로와 정면으로 마주한 채 함께 옆으로 이동했다.

촤촤촤—!

쏟아지는 빗물과 바닥의 웅덩이에서 흙탕물이 튀었다.

곤륜파 장로와 장건은 나란히 옆으로 달렸다.

"헉!"

곤륜파 장로가 기겁했다. 지켜보던 장로들도 눈을 크게 치켜떴다.

"저, 저것! 똑같은 천종미리보인가!"

"아니, 달라. 나한보인 것도 같고……."

"취팔선보가 섞여 있는 듯한데?"

겉모양새는 다른데 얼핏 엿보이는 묘리는 천종미리보이니 그게 더 희한할 수밖에!

장건이 술에 취했기 때문에 평상시처럼 움직임이 아예 없지 않았다. 그래서 다소 무공을 쓰는 티가 나는 모양새였다.

하나 그렇다 해도 장건 식으로 대부분 소화된 무공이었다. 장로들은 오히려 더 헷갈리기 시작했다.

천종미리보인가, 아닌가?

옆에서 보기에 어쨌건 간에 곤륜파의 장로가 면전에서 보며 받고 있는 느낌은 천종미리보의 그것이었다.

다른 사람도 아니고 곤륜파에서도 높은 수준에 도달해 장로까지 역임한 자신이 펼치는 천종미리보였다. 그것을 거의 똑같이 따라잡고 있으니 기가 막힌 노릇이 아닐 수 없었다.

곤륜파의 장로는 당황해서 얼굴이 붉어졌다.

'장안에서 홍오 대사를 빼다 박았다고 한 소문이 결코 거짓이 아니었구나!'

곤륜파의 장로는 천종미리보에서 역순대변(逆順大變)의 묘리로 천근추를 시전했다. 달리다 말고 순식간에 그 자리에 서며 발끝으로 빙글 한 바퀴를 돌아 나아가던 힘을 해소시켰다. 자연히 함께 옆으로 달리던 장건이 곤륜파 장로를 스쳐 지났다.

"어차차차."

장건이 곤륜파 장로를 따라서 급하게 정지하느라 중심을 잡지 못하고 기우뚱거렸다.

그 순간을 노렸다는 듯 곤륜파의 장로가 주먹을 퍼부었다.

"이노옴!"

곤륜파의 낙안권이었다. 곤륜파 장로가 뻗는 주먹의 방향과 장건에게 들이닥치는 권경의 방향이 전혀 다르다. 낙안권은 아래위가 연신 바뀌면서 권경이 짓쳐 들어 방어하기가 까다로운 권법 중의 하나였다.

허둥대면서 앞으로 고꾸라질 듯 말 듯 하던 장건이 막아 낼 수 있는 공격이 아니었다.

"어어어!"

장건이 복면 안에서 다급한 외침을 냈다.

장로들이 이 광경을 지켜보며 반은 걱정스러운 얼굴을, 반은 놀라운 얼굴을 했다. 형산파의 흑풍객을 일 초식으로 쓰러뜨린 장건이 이리도 쉽게 쓰러지는가 싶기도 했고, 또 만약 곤륜파가 장건을 쓰러뜨린다면 앞으로의 주도권은 곤륜파에 있게 될 터. 그게 걱정스러운 것이다.

두두둥!

묵직한 북이 폭발하는 것 같은 타격 소리와 함께 장건의 가슴과 복부에 낙안권이 작렬했다.

장건의 몸이 땅에서부터 떠올랐다. 곤륜파 장로의 노련함이 오만함을 뽐내던 장건을 쓰러뜨리는가 싶은 순간이었다.

그런데 어딘가 광경이 이상했다.

쏟아지고 있는 비와 빗물. 그 물방울들이 온통 곤륜파 장로 쪽으로 튄 것이다.

곤륜파 장로가 권경으로 장건을 가격했으니 통상적으로는 빗줄기와 몸에 젖은 빗물이 당연히 장건의 뒤쪽으로 흩날려야 정상이 아닌가? 진흙탕을 발로 차도 찬 쪽으로 물이 튀지, 거꾸로 몸으로 튀진 않는 게 정상인 것이다.

그런데 왜, 누가 억지로 물통의 물을 반대로 퍼붓는 것처럼 곤륜파 장로 쪽으로 튄단 말인가?

장로들이 그런 의문의 눈길로 곤륜파 장로와 장건을 지켜보는데 곧 신음 소리가 튀어나왔다.

"커윽!"

곤륜파 장로의 입에서 나온 소리였다. 곤륜파 장로는 양팔이 탈구된 채 주춤거리며 뒤로 물러나고 있었다.

그에 비해 장건은 공중에 떠 있다가 바닥을 한 번 구르는가 싶더니 아무렇지 않게 벌떡 일어서 있다. 아무리 검은 옷을 입었다지만 바닥의 흙탕물을 굴렀는데 지나치리만치 깔끔했다. 처음 나타난 그대로였다.

쏴아아아.

장로들이 자세히 보니 장건의 옷은 전혀 젖지 않았다. 빗물은 장건의 옷에 부딪쳐 튕겨 나가거나 옷 위로 줄줄 흘러내릴 뿐이었다.

"딸꾹. 우와…… 하나도 안 아프네. 근데 할아부지는 아프겠다."

지켜보던 장로들은 대번에 상황을 알아챘다.

어째서 곤륜파 장로의 낙안권이 적중했을 때 묵직한 북소리, 아니 북이 터지는 듯한 소리가 났는가.

그건 어찌 들으면 마치 낮게 울리는 커다란 종소리와도 같았다.

"금종……조."

장로들은 경악의 얼굴로 장건을 쳐다보았다.

아무리 무재가 뛰어나다한들, 설마하니 소림사에서도 몇 명 익히기 힘들다는 상승의 금종조까지 익혔을 줄이야!

장건은 뒤로 물러난 곤륜파 장로와 다른 장로들을 보면서 비틀거렸다.

"조오은 말로 할 때 가세여, 딸꾹. 실려 가세요, 딸꾹."

장로들의 얼굴이 일그러졌다.

'무슨 소리야?'

멀찍이서 숨어서 보고 있던 상달이 장건 대신 외쳤다.

"좋은 말로 할 때 제 발로 돌아들 가지 않으시면 남의 손에 실려 가실 거다, 그런 말입니다요!"

장건이 상달을 보고 웃으면서 손을 흔들었다.

"으으응! 그거, 그거 마자, 딸꾹. 상달 형이 가르쳐 준 거예여, 딸꾹!"

장로들은 기분이 찝찝해졌다.

아까부터 뭔가 이상했다.

행동이며 말투며…….

'설마……?'

'취한…… 건가?'

'지금 취해서 주정을 부리는 거냐!'

장로들은 어이가 없어서 부르르 떨었다. 어두운 저녁에 비까지 오는 데다 복면까지 써서 얼굴을 볼 수는 없었으나 이 정도로 혀가 꼬였으면 얼굴이 불콰하게 달아올랐을 게 틀림없었다.

"딸꾹."

장건의 딸꾹질 소리를 들으며 장로들은 다시 한 번 부르르 떨었다.

한 장로가 일갈했다.

"네가 십대 문파와 오대 세가 전부를 적으로 돌리고도 무사할 성싶으냐!"

장건은 그게 무슨 소리냐는 듯 고개를 크게 좌우로 까딱거렸다.

"내가 언제여? 딸꾹, 딸꾹."

"지금 그러고 있잖으냐!"

"아닌데요? 딸꾹."

"저, 저놈이!"

장로들은 기가 막혔다.

십대 문파의 장로들을 상대로 술에 취해 시비를 걸다니!

자존심은 물론이고 모욕감마저 드는 행동이었다. 그렇다고 뭐라고 말해 봐야 술에 취해서 제대로 알아들을 리도 만무했다.

죄송합니다

한 가지 분명한 것은, 저렇게 취했음에도 곤륜파 장로를 단숨에 무력화시켰다는 점이었다.

 남궁가의 노고수가 곤륜파 장로를 보며 혀를 찼다.

 "금종조라는 것을 알았다면 좀 더 신중하게 대처했어야 하거늘. 괜히 분위기만 안 좋게 만들었구려."

 곤륜파 장로가 남궁가의 노고수를 노려보았다.

 "내가 단순히 금종조의 반탄력에 당할 만큼 어리석게 보이시오?"

 실제로는 금종조의 반탄력에 태극경의 묘리까지 더해진 낙안권이 되돌아온 것이었다. 장건이 낙안권의 파괴력을 증폭시켜서 몇 배의 위력으로 되돌려 보냈고 곤륜파 장로의 두 팔은 그 힘을 감당하지 못하고 탈구된 것이다.

 겉으로 보기에는 그러한 점들이 전혀 드러나지 않았으므로 장로들은 의아했다.

 장건이 지금 펼치고 있는 수법이 그저 금종조 뿐만이 아니란 뜻인가?

 하지만 곤륜파 장로는 마치 너희들도 당해 보라는 듯 아무런 말도 하지 않고 물러났다.

 "으음."

 장로들, 그리고 문하 제자들은 장건을 주시했다. 이제까지의 장건과는 사뭇 달랐다. 숫기 없고 우물쭈물 거리던 모습은 어딜 가고, 여차하면 손을 쓰겠다는 투가 역력했다.

"다른 것도 아니고 술기운에……."

"에이잉! 서가촌의 상인 나부랭이들을 가만 두면 안 될 것이오!"

"또한 이 무례한 일에 대해서 소림사 또한 책임을 져야 마땅하오!"

장로들이 분분히 분노를 표출했다.

그러나 나중이야 어쨌든 간에 당장 장건을 어떻게 하지 않으면 안 되었다. 한 명에게 기가 죽어서 쫓겨난대서야 어떤 명목으로든 체면이 서질 않는 일이었다.

한 명의 장로가 은밀히 제안했다.

"금종조는 철포삼보다 훨씬 더 고도의 수법으로 내력 소모가 상당할 거요. 몇몇이 힘을 합쳐 협공을 한다면 저 아이도 오래 견디기는 힘들 거외다."

곁에 있던 팽가의 장로가 마뜩잖은 투로 되물었다.

"어허! 아이 하나에게 여럿이 손을 쓰자는 말씀이오?"

그러자 다른 장로들이 방금 말한 팽가의 장로를 빤히 쳐다보았다.

그게 무슨 개소리냐는 추궁의 눈빛이다.

흑풍객도 상대가 안 되게 나가떨어진 마당에 고작 아이 한 명이라고?

팽가의 장로가 장로들의 눈빛에 담긴 의미를 깨닫고 움찔했다.

"아니, 내 얘기는 그냥 뭐, 말이 그렇다는 얘기올시다…… 말이."

장로들은 묵시적으로 장건을 합동 공격해야 한다는 데에 동의했다.

하지만 서로 사이가 안 좋으니 힘을 합치자고 말하기가 쉽지 않았다. 장로들은 주저주저하면서 서로의 눈치만 살폈다.

참다못한 진주 언가의 중년 외당주가 나섰다.

"지금 뭣들 하는 겁니까! 당장에 닥친 일부터 해결하고 그 후에 논의를 하든 토의를 하든 해야지요!"

공동파의 장로가 코웃음을 쳤다.

"당장에 닥친 일을 해결하면 더 복잡해지는 것을 모르고 하는 말인가?"

장건 때문에 모이긴 하였으나 장건을 쓰러뜨린다고 만사가 해결되는 게 아니었다. 오히려 천문비록이니 각서니 남아 있는 일들이 더 복잡하게 얽히고 꼬여 버리는 것이다.

진주 언가의 외당주도 그것을 깨닫고는 머쓱한 얼굴로 조용히 들어가려 했다. 그러나 그의 앞에 어느샌가 장건이 와서 서 있었다.

"헛!"

장건이 진주 언가의 외당주에게 물었다.

"지금 딸꾹! 나한테 딸꾹! 화내신 거여여?"

진주 언가의 외당주는 이를 악물었다. 장건이 바로 코앞에 와 있다. 괜히 선공을 허락하면 아무것도 해 보지 못하고 당할 수도 있는 노릇이었다. 차라리 뭐라도 해 보고 몸을 빼낼 수밖에 없었다.

하나 그가 자랑하는 절기는 언가권이었다. 곤륜파 장로가 펼친 낙안권이 하나도 먹히지 않았으니 언가권으로 상대하기도 다소 꺼림칙했다.

그런데 그때, 진주 언가의 외당주와 친분을 쌓은 점창파의 이 제자 남호가 그를 돕기 위해 나섰다.

"소마라는 별호가 왜 붙었는지 의아했거늘 오늘에야 이유를 알겠구나! 강호의 도의가 땅에 떨어지고 협은 의기를 잃었도나! 상 소협은 하늘이 두렵지 않은가!"

남호가 검을 뽑아 장건의 허리를 찔러갔다.

사일검법!

날랜 신법에 초식마저 교본처럼 정확했다. 과연 점창파 장문인의 제자답다고 칭찬할 만했다.

"이런……!"

남호가 손을 쓰는 바람에 진주 언가의 외당주도 급하게

공격에 합세했다.

장건은 취한 와중에도 두 사람의 움직임을 놓치지 않았다. 자고 나면 기억 못 하겠지만 당장엔 몸은 취했어도 정신은 멀쩡하다고 생각하는 상태였다.

다만 술에 취한 상태에서는 기의 가닥을 쓸 수 없는 게 귀찮을 따름이었다.

장건은 비틀거리며 한 발을 내디뎠다. 고개를 좌로 기울이고 우측 어깨를 들었다. 허리를 앞으로 내리며 몸을 기울여 바닥을 쓸듯 수그렸다. 매우 미묘한 움직임이었다.

파파팟!

사일검의 현란한 검영이 장건을 모두 꿰뚫었다. 아니, 그런 듯 보였으나 장건의 몸에는 전혀 닿지도 않았다. 마지막 궤적의 진검은 장건의 왼쪽 등허리를 빗나가 있었다.

언가권의 권경도 장건의 요혈 열다섯 군데를 타격했으나, 제대로 맞은 것은 하나도 없었다. 모두 다 허공을 빗나갔다.

장건은 몸을 숙이며 한 발을 내딛는 단순한 동작 하나로 사일검법과 언가권의 공격을 모두 피해 낸 것이다.

"헛! 저, 저런!"

"저게 뭐, 뭐지?"

지켜보던 장로들의 입이 쩍 벌어졌다.

남호의 사일검법 공부가 깊어 장로들도 남호와 상대하면 그리 간단히 검초를 해소할 수 있다고 장담할 수는 없었다. 최소 서너 합을 겨뤄야 파훼시킬 수 있을 정도였다.
　게다가 언가권은 어떠한가? 외당주라면 대외활동을 하는 직책이고 때로는 무력 분쟁도 마다하지 않아야한다. 그만큼 실력이 부족하지 않다는 뜻이다.
　한데 그 두 사람이 합격을 펼쳤는데 겨우 일보로 피해 냈다?
　말이 쉽지, 저것은 거의 바늘만한 빈틈을 파고든 것과 다름없이 어려운 일이다.
　남호와 외당주는 등골이 다 서늘했다. 장건에게 측면과 후면을 무방비로 완전히 노출했다. 장건이 손만 까딱해서 명문혈을 건드리면 순식간에 황천행이 될 수 있었다.
　하지만 장건은 여전히 비틀비틀 하면서 가만히 두 사람을 지켜볼 뿐이었다.
　외당주가 질린 얼굴로 한 걸음 뒤로 물러나 포권했다.
　"손에 사정을 두어 감사하오."
　장건이 고개를 좌우로 까딱거렸다.
　"아닌데……?"
　"……뭐가 아니라는 거요?"
　하지만 이내 외당주는 질문을 후회했다. 장건이 딸꾹질

을 하며 흐리멍덩한 눈으로 외당주를 보며 "네?"하고 되물었기 때문이었다.

술 취한 이에게 제대로 된 대답을 기대한 외당주는 스스로가 바보 같아 보였다.

오히려 창피함에 화가 치밀었다.

"이번엔 이쪽도 최선을 다할 터! 조심하시오!"

외당주가 일갈하며 주먹을 뻗었다. 동시에 남호도 공격에 가세했다.

장건은 두 사람이 공격해오는 것을 보며 고개를 갸웃했다.

"어라?"

어디선가 많이 본 듯한 동작들이었다. 이름이나 명칭은 기억하지 못하지만 방금 전처럼 다음 동작이 어떨지가 저절로 머릿속에 그려진다.

오래전 홍오가 펼쳐보였던 초식들이었다. 홍오는 장건에게 초식을 보여줄 때마다 그에 대응하는 초식도 함께 보여주곤 했었다.

그래서 장건은 대충 앞으로 초식의 흐름이 어떻게 이어질 지 예측할 수 있었다.

"우웅……."

장건은 술에 취한 게 조금 귀찮아졌다. 이미 상대 공격의 흐름을 모두 간파했는데 기의 가닥을 쓸 수 없다니.

장건은 두 사람의 맹공에 맞서서 한걸음 앞으로 나가 양팔을 쭉 뻗었다. 기의 가닥을 못 쓰니 머릿속에 떠오르는 대로 가장 효율적인 대처법을 찾아 움직였다.

남호의 검날이 장건의 팔 소매를 탔다.

샤라락.

장건의 옷소매가 베이기는커녕 검날이 휘말려서 소매에 붙었다.

남호가 깜짝 놀라 검을 떼려고 했으나 검이 장건의 소매에 붙어서 묘하게도 떨어지지 않았다. 검을 떼어 내려 할 때마다 소매가 흐느적거리면서 더 진득하니 달라붙는다.

"이런!"

진주 언가의 외당주가 남호를 돕기 위해 더욱 빠르게 초식을 전개했다. 열십자(十字)의 모양으로 교묘하게 장건의 턱과 심상, 명치, 겨드랑이쪽의 요혈을 향해 동시에 스무 번이나 주먹을 날렸다.

순간 장건이 몸을 옆으로 틀며 손날을 내려쳤다.

적당한 시점에 내리친 손날이 정확하게 달려드는 외당주의 정수리를 향하고 있었다. 외당주의 주먹은 대부분 빗나가 버린 채 스스로가 장건의 손날로 돌진하는 꼴이 되어 버렸다.

"크윽!"

외당주가 다급히 신음을 삼켰다. 이대로라면 장건의 갈비뼈 하나 정도는 부러뜨릴지 몰라도 자신은 머리통이 터지게 생겼다. 자칫 남호와 엉킬 수 있어서 몸을 쉽게 빼낼 수도 없었다. 장건의 이 한 수는 실로 절묘한 수법이었다.

그러나 장건의 수법이 딱히 대단하거나 특이한 초식은 아니었다.

장건이 사용한 수법은 팽가의 도법으로 강호에도 흔히 알려진 평범한 태산압정의 초식이었다. 그냥 머리에 떠오른 동작들 중에 가장 적당했던 초식을 맨손으로 펼친 것이다.

외당주는 별수 없이 바닥을 굴렀다. 남호는 장건이 소매를 떨치자 자신의 힘을 못 이기고 팽이처럼 팽그르르 돌면서 옆으로 나동그라졌다. 두 사람이 거의 동시에 당했다.

외당주와 남호는 급히 몸을 일으켰지만 얼굴이 창백하게 질려 있었다.

지켜보던 장로들의 눈빛이 갑자기 빛났다.

"태산압정?"

"건곤…… 신장?"

장건은 두 사람을 무식하게 힘으로 밀어낸 게 아니었다. 두 사람이 펼친 초식에 상성을 가진 초식으로 상대했다.

이를테면 홍오가 남궁가의 제왕검형을 공동파의 제마보로 깨뜨렸듯이 언가권의 십자만당(十字滿堂)을 태산압정으로, 사일검법의 추일섬격(追日閃擊)을 곤륜파의 건곤신장(乾坤神掌)으로 각각 파훼한 셈이었다.

그러니까 앞으로도 언제든지 언가권의 십자만당과 사일검법의 추일섬격을 같은 초식으로 상대할 수 있다는 뜻이다.

의도치 않게 언가의 외당주와 남호는 자파의 무공에 대한 약점을 드러낸 셈이 되고 말았다.

하지만 남호는 그것을 깨닫지 못했다. 젊은 혈기에 자신의 패배를 아직 인정할 수가 없었다.

"이대로 물러난다면 사부님께 면목이 없다!"

남호가 공력을 폭발적으로 운용하며 재차 검을 휘둘렀다. 검에서 영롱한 검기가 일었다.

사일검법 만마단천(萬馬斷天)!

일만 마리 말의 힘을 하나로 모으면 하늘마저도 둘로 가를 수 있다는 뜻처럼 강력한 위력을 담은 초식이다. 푸른 검기가 장건의 몸을 반으로 쪼개갔다.

장건이 비틀거리면서 검기를 피하려 하는데 남호의 검기가 순간적으로 갈지자(之)를 그리며 눈 깜짝할 사이에 사방으로 갈라졌다. 어설프게 보법을 밟으며 첫 동작을 피하려

했다가는 이 변화에 걸려 몸이 수 조각으로 나뉘어 버릴 터였다.

하지만 장건은 이미 만마단천의 변화를 알고 있었던 것처럼 유유히 걸음을 옮겼다. 뒤로 물러나려다가 옆으로 기우뚱하고 움직여서, 얼핏 갈팡질팡하는 것처럼도 보였다.

그럼에도 남호의 검은 장건을 건드리지조차 못했다. 허무하게도 장건을 스쳐서 맨땅에 검이 박히고 말았다.

"으윽!"

남호는 이를 악물었다.

장건이 '뭐해?' 하는 투로 빤히 쳐다보고 있어서 열불이 났다. 만마단천은 남호가 가장 자신 있었고 숨겨 두었던 절초였다. 그런데 아무렇지도 않게 대충 휘휘 움직여서 피해 내다니!

"아직 멀었다!"

남호가 분노에 차 소리를 지르면서 땅에서 검을 뽑아 들었는데, 언가의 외당주가 다가와 붙들었다.

"그만하게!"

"놓으십시오!"

"더 하면 할수록 자네의 사문에 피해가 갈 걸세!"

"……예?"

외당주가 전음으로 사태의 심각성을 말해 주었다.

남호는 급하게 장로들을 돌아보았다.

남의 집 불구경 하는 듯한 태도였는데 눈빛만은 반짝거리고 있는 장로들이다.

그들은 '좀 더 해 봐라. 사일검법의 밑천이 다 드러날 때까지.' 라는 탐욕의 눈빛으로 남호를 보고 있었다.

"점창파의 만마단천이 모용가의 천련보(天連步)에 깨지다니."

장로들 중 누군가가 중얼거린 소리에 남호의 안색이 삽시간에 창백해졌다. 외당주의 말대로 더 해봤자 사일검법의 약점만 노출될 뿐이었다.

남호가 싸울 의지를 잃고 외당주가 이끄는 대로 뒤로 물러나자 장로들이 아쉬워했다.

타 문파 무공의 약점은 자파의 입장에선 이득이다. 고수들끼리는 초식이 눈에 익으면 반격을 당할까 우려하여 한 번 쓴 초식을 같은 상대에게 다시 쓰지 않는다고까지 한다. 하물며 미리 대응법이 나와 있는 초식이야 두 말할 것도 없는 것이다.

"홍오 대사의 진전을 이었다는 얘기가 사실로 드러나는군."

"이건 역시 천문비록의 존재가……."

장로들이 서로 곁눈질을 했다.

다음 차례가 누구인가 눈치를 보는 것이었다. 장로들의 입장에선 누구든 빨리 나서서 장건과 싸우기를 바랐다. 특히나 적대시하는 문파끼리는 더더욱 그러했다.

"……."

"딸꾹?"

"……."

장내는 장건의 딸꾹질 소리 말고는 아무 소리도 들려오지 않는 희한한 적막에 휩싸였다.

서로 눈치를 보고 있지만 당연히 나서는 이가 있을 리 없었다.

장건과 싸우다가 재수 없이 자파 무공의 약점이 드러나면 어떻게 되겠는가!

공동파 장로가 은근슬쩍 남궁가를 건드렸다.

"잘난 척할 땐 언제고 지금은 재갈을 물었나, 입도 뻥긋 못하는 주제에 그렇게 큰소리를 뻥뻥 쳤다 이거지?"

남궁가의 노고수가 발끈했다.

"그렇게 고까우면 당신이 나서보던가!"

슬슬 말다툼이 시작되려는데, 장건이 얼굴을 찌푸리며 말을 내뱉었다.

"또? 아이, 짜증 나. 시끄러워. 딸꾹."

공동파 장로와 남궁가의 노고수가 흠칫해서 입을 다물곤

슬쩍 장건을 쳐다보았다.

장건은 팔다리를 대자로 벌리고 허리를 꾸벅 숙였다.

"죄송합니다."

짜증 냈다가 사과했다가 하니 공동파의 장로와 남궁가의 노고수는 울컥했지만 참았다. 술 취한 놈에게 핏대 세우고 따지면 언가 꼴이 날 수 있었다.

장로들 중 한 명이 호기심을 참지 못하고 조심스럽게 물었다.

"아까부터 뭐가 그렇게 죄송하다고 하는 겐가?"

"딸꾹? 저는 때리기 싫은데요오, 때려서라도 쫓아내야 하니까…… 딸꾹. 제가 죄송하고 그러니까아, 죄송한데 용서해 주시라고요. 헤헤."

장로들은 소름이 끼쳤다.

'아무리 취했어도 그렇지, 정말 정신이 나간 놈이잖은가! 때릴 거니까 미안하다고?'

'이놈이 오늘 아주 작정을 했구나!'

장건의 오늘 태도를 보면 모든 문파의 약점을 다 까발리겠다고 마음을 먹은 듯했다.

장건이 장로들을 휘 훑어보았다. 장로들은 최대한 장건과 눈을 마주치지 않으려고 했으나, 그때 웃던 장건이 갑자기 화를 냈다.

"아이, 몰라! 졸려! 나 얼른 잘 거야!"

그러더니 표홀…… 하지만 취해 비틀거리는 걸음으로 장로들을 향해 뛰었다.

"허엇!"

장로들은 소름이 채 가라앉기도 전에 급박하게 결정을 내려야 했다.

자파의 무공 약점이 드러나는 손해를 감수하고 이대로 취한 장건과 맞서 싸울 것인가, 아니면 달아날 것인가?

생각은 짧고 결단도 빨랐다.

이길 수 있다고, 그래서 천문비록을 빼앗을 수 있다고 확신할 수 있으면 모르겠는데 그것도 아니다. 괜히 강호엔 술 취한 어린아이에게 두들겨 맞았다는 소문이나 돌 테고, 문파로 돌아가서는 약점을 왜 노출시켰냐고 구박이나 들을 터.

어차피 머잖아 문파에서 최고수의 지원이 올 것이니 굳이 손해를 입을 게 확실한 모험을 할 필요는 없었다.

장로들이 너나 할 것 없이 몸을 돌리며 문하 제자들에게 소리쳤다.

"뛰어!"

"예? 하지만 객잔의 짐은……."

"일단 서가촌을 나가! 나가서 생각해!"

* * *

"다 가라 그랬지!"

"빨리 안 가?"

"우와아아아!"

전부 다 장건의 목소리였다.

상달은 자신의 눈을 믿기가 어려웠다.

"뭐야, 저게……."

장건은 거의 난동을 부리는 수준으로 날뛰고 있었다. 그렇다고 뭔가를 부수고 그러는 건 아니다.

단지 달아나는 이들을 쫓아가며 잡아서 집어던지고 있을 뿐…….

그런데 그게 평범한 무인들도 아니고 십대 문파와 오대세가의 장로들, 그리고 각각의 문파에 속한 제자들이라는 게 황당한 것이다.

명문 문파에서도 나름 고수라 불리는 이들 수십 명이 겨우 장건 단 한 명에게 쫓겨서 달아나고 있다.

아예 반격을 할 생각도 없는 듯 보였다. 그냥 달아나는 데에만 열중할 뿐이다.

"무조건 뛰어!"

"잡힐 것 같아도 우리 무공은 쓰지마!"

장건이 손을 뻗는 순간 잡히고, 잡히는 순간 허공을 날았다. 문하 제자들은 장로들의 명 때문에 자파의 독문 무공도 못쓰고 장건에게 붙들렸다. 장건이 대충 취해서 흐느적거리고 마구잡이인 듯싶어도 한 수 한 수가 매우 절묘했다.

"아 참, 깜박 잊을 뻔했네."

장건은 품을 뒤적거리더니 쓰러진, 혹은 기절한 이들의 손을 잡고서 각서에 슥슥 문질렀다.

정신이 없는 틈에 억지로 수결을 시키고 있었다!

"허허허."

상달은 뭐라고 표현할 수 없는 머쓱한 광경에 뺨을 긁었다.

처음 보는 광경은 아니었다.

사실 솔직히 말하자면 소림사의 진산식에 관병들을 상대로 보인 신위가 더욱 괴기하고 공포스러웠다. 그때의 장건은 손가락 하나 까딱하지 않고 오로지 기의 가닥이라 부르는 수법만으로 수백의 관병을 날려버렸었다.

술을 마셔서 섬세한 기의 운용이 필요한 기의 가닥을 쓰지 못하고 있으나 어쨌든 간에 지금은 그때보다 훨씬 강한 이들을 상대로 더 과격하게 날뛰고 있는 것처럼 보였다.

"저걸 직접 안 보고서는 누가 믿겠어?"

상달은 나름대로 오랜 시간 동안 장건의 곁에서 그의 무공을 보았다. 그래서 나름대로 장건에 대한 판단을 내릴 수 있었다.

　장건 무공의 특징은 자신보다 하수에게 굉장히 강력하다는 점이었다. 우내십존에 준하는 고수들이라면 모를까 그보다 못한 이들을 상대로는 대개 한 수로 끝을 낸다. 아니, 일보신권을 쓰면 한 수조차 되지 않는다.

　"망할! 저건 완전 괴물이야!"
　"아직도 금종조를 펼치고 있어!"
　"어서 마을 밖으로!"
　더 이상의 대항을 포기한 뭇 장로들이 이를 갈며 황급히 달아나고 있었다.

　그 뒤를 장건이 쫓았다.
　"어디 가아아아요? 이리 와서 수결하고 가라구우요!"
　상달은 그들의 당황한 모습을 보며 낄낄거리고 웃었다.
　"앞으로는 장 소협의 시대가 올 게 확실하구만!"
　뒷일이야 어찌 되든 당장에는 통쾌했다.

　　　　　＊　　　＊　　　＊

　"이놈 아주 그냥……."

원호는 고개를 푹 숙이고 있는 장건을 보고 기가 차서 말이 다 안 나왔다. 야밤에 긴급 소집령을 받고 원주회의에 모인 원주들 역시 마찬가지였다.

원주 중 한 명이 노기를 띠고 소리쳤다.

"이번만큼은 방장 사형도 저 아이를 감싸고돌아서는 아니 될 것입니다. 사람들이 이번 일을 두고 입방아를 찧을 것을 생각해 보십시오. 대체 뭐라 하겠습니까!"

한 원주가 무심코 대꾸했다.

"마을 사람들에게 피해를 준 자들을 쫓은 것이니 마을 사람들은 좋아하겠지요."

"끄응! 그럼 지금이라도 본사로 모셔야……."

"얼굴에 철판을 깔지 않은 이상, 어디 부른다고 오겠습니까?"

"허…… 그럼 이대로 모른 척 둘까?"

먼저 발언했던 원주의 얼굴은 붉으락푸르락해지고 다른 원주들은 새어 나오는 웃음을 참느라 표정들이 잔뜩 일그러졌다.

정사가 됐든 야사가 됐든 무림 역사에 오래도록 남을 만한 일이 아닐 수 없었다.

열일곱 살 소림사의 속가 제자가 술에 취해서 거대 문파의 장로 수십 명을 쫓아낸 사건…….

쫓아낸 장건도 그렇지만 쫓겨난 장로들의 입장이 얼마나 난처할지 생각하면 동정심마저 생길 지경이었다.

원호가 목격자 겸 증언을 위해 함께 불려온 상달에게 물었다.

"그래서? 그분들은 어쩌고 있다 했소이까?"

상달이 원주들의 눈치를 보며 조심스레 대답했다.

"서가촌 밖에서 머물고 있습니다."

"으음."

"소인의 얕은 생각을 말씀드리자면, 장 소협의 행동이 강호의 예의에는 어긋날지 모르나 분명 의기로운 행동이었다고 생각됩니다."

"알겠소."

원호는 고개를 끄덕이더니 장건에게 말했다.

"비록 사람들을 위해서 한 일이라고는 하나 너는 나와의 약속을 어기고 음주를 하였다. 진정한 의기는 마음에서 우러나와 맑은 정신으로 행하는 것이지, 술김에 오락가락하는 정신으로 행하는 것이 아니다."

장건이 손가락을 꼬물락거리며 대답했다.

"죄송합니다……."

"이번 일을 거울삼아 차후에는 좀 더 조심하도록 하여라."

"네……."

원호가 상달을 돌아보고 낮은 목소리로 꾸짖었다.

"그리고 시주도 마찬가지요. 다시는 건이를 부추겨서 이같은 일이 일어나도록 해서는 안 될 것이오."

"예……."

"그럼 두 사람 모두 돌아가시오."

"……네?"

더 큰 꾸지람이나 벌을 받을 줄 알았던 장건은 고개를 들어 원호를 쳐다보았다. 원호는 술을 마신 것에 대해서만 언급했고 싸움에 대해서는 한 마디도 하지 않았던 것이다.

원주 한 명이 벌떡 일어나 외쳤다.

"방장 사형! 이번 일로 인하여 뭇 문파들과의 사이가 더욱 악화될 겁니다. 이 정도에서 끝내면 안 됩니다!"

원호가 그 말을 들은 척 만 척 장건과 상달을 재촉했다.

"어서 나가보래도?"

"하지만 저……."

장건이 우물쭈물거리자 상달이 합장하며 대뜸 인사를 했다.

"대자대비하신 방장 대사님의 선처에 진심으로 감사드립니다. 나무아미타불 관세음보살!"

원호가 다른 원주들로부터 비호해 주는 지금 떠나야 한

다는 걸 깨달은 상달은 주저하는 장건을 냅다 끌고 나갔다.
"갑시다요, 장 교두."
장건과 상달이 달아나듯 회의장을 나가자 원주들이 항의했다.
"방장 사형!"
원호가 백의전주 원강에게 손짓했다.
"자네가 말해 주게."
원강이 가볍게 목례를 하고는 원주들에게 말했다.
"조금 전 들어온 소식에 의하면 굉장한 숫자의 고수들이 서가촌을 향하고 있다 합니다."
원주들이 의아해했다.
"누가?"
"이미 와 있는 분들을 말하는 게 아니오?"
원강이 고개를 저었다.
"다른 무리입니다. 워낙 고수들인데다 정탐꾼의 접근 자체를 불허하는 바람에 인물을 확인할 순 없으나, 저희 백의전에서는 각 문파들의 최고 수준의 고수들로 추정하고 있습니다."
"접근을 불허한다고?"
"조금만 가까이 가려 해도 엄청난 투기를 드러내서 반경 삼십 장 안으로는 접근이 불가능합니다."

"각 문파라는 건 무슨 뜻이오?"

"동선을 그려보면 대체로 비슷한 시기에 거대 문파들에서 출발한 것으로 사료됩니다. 그런 이들이 최소 열 명 이상입니다."

원주들이 웅성거렸다.

"도대체 무슨 일이 벌어지는 겁니까?"

원주들은 원호에게 시선을 모았다. 원호는 염주알을 굴리며 낮은 목소리로 말했다.

"건이의 일은, 어린 마음에 저들의 불의함을 보고 치기어린 행동을 한 것에 불과하네. 보통 아이의 치기어린 행동을 건이가 했기 때문에 사건이 커진 것이지."

원주들은 입을 꾹 다물고 원호의 말을 경청했다.

"그러나 최고 수준의 고수들이 움직이기 시작한 건 건이가 이 일을 벌이기 전부터라네. 저들이 건이에게 그만한 수모를 당하고도 서가촌 밖에서 머물고 있는 것은 모종의 이유로 그들을 기다리고 있기 때문이겠지. 즉, 건이가 무슨 행동을 했든 앞으로 벌어질 일은 지금까지완 전혀 다른 형태로 발전할 걸세."

원호가 계속해서 말했다.

"이런 상황에서 건이를 주눅 들게 해 봐야 좋을 일이 없을 것 같아 가급적 가볍게 넘기려 하였네. 하나 건이와 달리 우리는 곧 닥쳐올 일에 대비해 온 신경을 곤두세우고 대책을 마련해야 할 것일세."

원주들의 얼굴이 긴장으로 딱딱해졌다.

"나무아미타불……."

원호는 인상을 쓰며 염주알을 굴렸다.

역대로 이런 일이 몇 번이나 있었을까?

근 십 개 이상이나 되는 문파의 최고 수준의 고수들이 한자리에 모인다!

결코 작은 일이 아니었다.

이들이 만약에 홍오를 빌미로 힘을 합쳐 무력시위라도 한다면 소림사가 한 번에 무너질 수도 있는, 실로 어마어마한 무력이 모인 것이다.

그나마 다행인 것은 최고 고수들이 그리 쉽게 힘을 합치긴 어려울 거라는 전망이었다. 최고 수준의 고수들이라면 남의 말에 쉽게 움직이지 않는 자신만의 자존심이 있기 때문이다.

최고 고수들이 힘을 합쳐서 한마음으로 움직인다?

그런 일이 벌어지려면 적어도 마교 정도는 나타나 줘야 가능한 일일 터였다.

제3장

그들이 왔다

며칠이 지났다.

실로 간만에 서가촌에서 고함 소리가 사라졌다.

그렇다고 평화가 찾아온 건 아니었다.

서가촌에서 쫓겨난 장로들과 문하 제자들이 서가촌 밖에서 마치 진을 치듯 뭉쳐서 야영하고 있었던 것이다.

그러다 보니 아무래도 마을 입구의 분위기는 흉흉했고 때문에 서가촌을 찾는 이들은 여전히 늘어나지 않았다.

"그래도 이 정도면 다행이지 뭐."

장건이 출근을 한 후 소녀들은 백리연의 다관에 모여 수다를 떨었다.

일단 급한 불을 끈 것만으로도 한결 마음이 놓였다.

"그런데 왜 아직도 안 돌아가지? 빈손으로 돌아가고 싶지 않은 건가……."

양소은이 의아한 표정으로 고개를 갸웃거리자 제갈영이 대꾸했다.

"그래 봐야 얼마나 더 오래 있겠어? 시간이 지나면 어쩔 수 없이 돌아갈 거야."

"그래. 그러길 바라야지. 마을 밖으로 나가 버린 이상 이젠 더 쫓아낼 구실도 없잖아."

둘의 대화 중간에 백리연이 한숨을 내쉬었다.

"참 이상하네."

소녀들과 장건이 백리연을 쳐다보았다.

"뭐가?"

"마을 밖의 장로님들요."

"저 노인네들이야 원래 이상한 짓들을 하고 있었잖아."

"아뇨. 그런 뜻이 아니구요."

백리연이 잠시 뜸을 들이다가 말을 이었다.

"예전에는 대문파의 어르신들이 굉장히 어렵고 그런 분들이었어요. 저분들을 뵈면 하나라도 더 배우고 싶고 한 마디 조언이라도 듣고 싶고 절로 존경하는 마음도 들고 그랬죠."

"그랬었지."

"그런데 지금은 그분들이 저렇게 많이 모여 계신데도 전혀 공경하는 마음이 들지 않아요. 그냥 한 무리의 불한당을 보는 것 같다고나 할까……."

제갈영이 고개를 끄덕이며 '맞아맞아' 하고 맞장구를 쳤다.

기실 거대 문파와 세가의 장로급이면 어느 문파를 찾아가도 상석에 앉을 수 있을 만큼 대단한 이들이었다. 감히 쫓아낸다는 생각 따위는 조금도 할 수 없는 것이다.

그러나 지금 서가촌에 몰려든 이들에게서는 조금의 공경심도 들지 않는 게 사실이었다. 하루빨리 쫓아내고 싶은 귀찮은 떨거지일 따름이었다.

양소은이 코웃음을 쳤다.

"흥. 뭐 나이만 많다고 다 어른이고 대접받고 그러나? 존경받을 만한 행동을 해야 어른 대접도 받고 그런 거지. 안 그래?"

하연홍이 자신의 의견을 말했다.

"그건 그렇지만, 전 저분들을 이해할 수 있을 것도 같아요."

"엥?"

"우리야 이곳에서 장 소협만 보고 있으면 되지만, 저 밖의 강호 무림은 엄청난 혼란 속에서 변혁을 맞이하고 있는 중이니까요."

다른 세 소녀들도 강호에 대한 하연홍의 말에는 동감했다. 장사를 하다 보니 이곳저곳에서 흘러들어 온 소문들을 귀동냥으로 얻어 들었다. 그래서 가장 최신 소식은 아니더라도 대략 강호의 흐름은 알고 있었다. 세 소녀들의 본가인 제갈가나 양가장, 백리가 역시 시대의 흐름에 뒤처지지 않기 위해 눈 코 뜰 새 없이 바쁘게 움직이는 중이었다.

"하지만 그게 저 노인네들과 무슨 상관이야?"

"새로운 시대가 찾아오면 가장 먼저 소외되는 게 바로 저분들이잖아요. 이제 은퇴할 시기도 되었고요."

"아……"

"한 평생 문파를 위해 일했는데 새 시대가 왔다고 해서 그냥 쓸모없는 존재로 취급받으면 굉장히 억울할 거예요. 그러니까 자꾸 지나간 과거 얘기를 하고 어떻게든 존재감을 드러내고 싶어 하고…… 저분들은 새로운 세상에서 다시 기득권을 잡길 원한다기보다는 사실 후배들의 존중을 받으면서 물러나고 싶어 하는지도 몰라요."

"무슨 말인지는 알겠는데, 그렇다고 깽판을 치면 돼? 연홍이 너 은근히 감상적이다. 다른 장로 분들은 모르겠지만 저기 있는 저 노인네들은 그냥 자기만 알고 자기 이익만 챙

기려는 못된…… 아무튼 별로 불쌍해 할 필요가 없는 그런 사람들이야."

"그렇지 않아요. 저분들은 그냥 불안해 할 뿐이에요."

"아니래도? 오늘 갑자기 애가 왜 이래?"

제갈영이 끼어들었다.

"우리 오라버니한테 쫓겨서 도망 다니는 걸 보니까 불쌍했나부지, 뭐."

하연홍이 생각하는 표정이다가 고개를 끄덕였다.

"응. 그건 부인하지 못하겠네."

아마도 장로들은 꽤나 오랫동안 사람들의 눈총을 받으며 살아야 할 터였다.

"자업자득이야."

양소은이 다시 불씨를 지피려 하자 백리연이 손을 들어 진정시켰다.

"다들 그만하죠. 그날 이후 장 소협의 기분이 좋아 보이지 않으니 뭔가 해야 하지 않을까 하고 모인 건데."

"그래. 그게 더 중요하지."

장건은 원호에게 크게 혼난 것도 아닌데 계속 기운이 없어 보였다. 촌장이 와서 감사 인사를 하고 전의 일을 사과했는데도 마찬가지였다.

그건 자기가 한 일을 후회한다거나 술에 취해서 난동(?)

을 부린 것이 부끄럽다거나 해서는 아닌 것 같았다. 해서 소녀들이 캐물었지만 장건은 내내 괜찮다고 어색하게 웃으며 얼버무리기만 했다.

분명히 마음에 걸리는 게 있는데 말을 않고 있으니 소녀들도 걱정이 되었던 것이다.

*   *   *

본래 한 문파의 최고수라는 건 존경받아 마땅한 자리이며 동시에 경외의 대상이다. 뭇 제자들이 별호만 들어도 오금이 저려서 함부로 입에 담기도 어려운 그런 이들이었고, 그런 이들이어야 했다.

그러나…… 안타깝게도 이번 세대에서만큼은 달랐다.

각 문파의 최고수들은 우내십존이란 거대한 그림자에 수십 년을 가려져 있었다.

우내십존이 단순히 강한 무력을 상징했다면 문파의 최고수들 중 몇몇 정도는 우내십존의 자리를 꿰찰 수도 있었고, 우내십존 중 한 명을 밀어낼 수 있었을지도 몰랐다.

하나 수십 년간 그런 일은 단 한 번도 없었다. 변변한 시도조차 이루어지지 못했다.

그것은 우내십존이 만들어 낸 강호 무림의 새로운 틀, 그들 간의 질서 때문이었다.

소림사라는 공동의 목표를 두고 발생된 거대 문파간의 견고한 병립 체계.

그것은 우내십존 모두를 쓰러뜨리지 않는 한 도저히 끼어들 틈이 없는 철벽이었고 무너뜨릴 수 없는 철옹성이었다.

소림사를 제외한 거대 문파들의 관계가 그렇게 고정되면서 문파의 최고수들은 할 일이 없어졌다.

쓰러뜨릴 대마두가 있기를 하나, 아니면 생사를 걸고 싸울 만큼 사이가 안 좋은 문파가 있기를 하나……

밑의 제자들이야 간혹 치고받고 싸우는 일이 있긴 했어도 정작 문파 자체를 대변하는 최고수들이 나설만한 일은 없었다. 아니, 뭔가 해 보려 해도 주위에서 함부로 움직이지 말라고 눈치를 주었다. 어쨌거나 그들은 문파 자체를 대표하는 상징적인 존재였으니까 일을 크게 만들면 안 되었다. 우내십존이 만든 반(反) 소림사의 연합 체계를 그들이 방해할 순 없었다.

덕분에 그들이 할 수 있는 거라곤 고작 문파의 골방에서 무게나 잡으며 자리를 지키는 정도뿐이었다. 활약을 펼칠 기회도, 무용을 뽐낼 자리도 주어지지 않았다.

그러다 보니 그들은 우내십존을 논외로 치고, 수십 년 동안 각 문파의 최고수라는 제호(題號)를 달고 평화롭게 살아왔다. 물론 그것만으로도 명예롭긴 하였으나, 본성과도 같이 끓어오르는 무인의 피까지 만족시킬 수는 없었다.

하여 우내십존 간에 잔혹한 살극이 벌어졌을 때, 어쩌면 가장 환호한 이들이 바로 그들이었을지 몰랐다. 드디어 앞을 가로막고 있던 장애물이 사라졌으니.

거기다 소림사의 진산식으로 인한 강제 은퇴를 눈앞에 두고, 서가촌에서 마지막으로 비상할 수 있는 일생일대의 기회가 찾아온 것이다. 한 평생 골방에 파묻혀 있던 검집의 먼지를 쓸어내고 만천하에 자신의 무공을 드러낼 마지막 기회가.

그래서였을까.

문파의 이익을 앞세워 싫은 걸음을 억지로 한 장로들과 달리 그들은 대부분 흔쾌히 걸음을 했다.

오랜 세월 무뎌져 있던 자신의 마음속 낡은 검을 조금씩 날카롭게 벼리면서.

*   *   *

며칠이 더 지났다.

들고 나는 사람이 거의 없어 서가촌은 한산했다. 사람이 줄어드니 물자의 소비가 줄고, 소비가 줄어드니 상인들마저도 뜸했다. 여러모로 줄어들었던 발길이 좀처럼 늘어나질 않고 있었다.

딱히 소란을 피우고 있진 않으나 마을 입구에서 무리를 지어 노숙하고 있는 무림인들의 문제도 여전히 남아 있는 채였다.

그러던 어느 날.

그들이 찾아왔다.

어느새 장마의 끝 무렵이 되었지만 비는 여전히 쏟아지고 있었다.

궂은 날씨 속에 수수한 장삼을 걸친 초로의 노인이 우의 하나 없이 걷고 있었다.

서가촌이 멀리 내려다보이는 언덕의 정상 즈음을 오르다가, 문득 노인은 걸음을 멈추었다.

슈욱, 슈욱.

노인의 젖은 몸에서 모락모락 김이 피어올랐다.

노인의 시선이 닿은 곳에는 작달막한 키의 또 다른 노인이 나무 밑에서 비를 피하고 있었다. 품에 자신의 키보다 더 큰 한 자루의 칼을 안고 소매에 양손을 집어넣은 채.

"클클클."

오척단구의 노인이 웃으면서 장삼을 걸친 노인을 쳐다보았다. 그러더니 서서히 몸을 일으켰다.

"과연 어떤 작자가 이리도 험악한 기세를 뿌리면서 다가오나 했더니만, 그쪽은 혹시 무영문의 화룡소(火龍簫)가 아니외까?"

장삼을 입은 노인, 화룡소의 허리춤에는 기이하게 붉은색이 감도는 옥피리가 꽂혀 있었다.

화룡소는 여전히 김이 피어오르는 채로 반문했다.

"거대한 대감도를 들고 있는 것을 보니 그리하면 그대는 하북의 명가, 팽씨 가문의 벽력도이시겠구려."

"하하! 본인은 막말을 하였는데 귀하는 본가에 금칠을 해 주시니 몸 둘 바를 모르겠소이다. 본인의 말투가 본래 천박한 편이니 이해해 주시오."

소매에 손을 넣은 채 벽력도가 가볍게 고개를 숙였다. 화룡소가 정중하게 포권으로 화답하며 물었다.

"서가촌이 지척인데 왔으면 들어가실 일이지. 굳이 여기서 계신 건, 행여 본인을 기다리셨던 것이오이까?"

슈욱 슈욱!

말투는 정중했으나 몸에서 뿜어져 나오는 김은 더욱 짙어졌다. 화룡소의 몸은 마치 운무에 가린 것처럼 흐려져 있었다. 내리는 비가 화룡소의 공력에 의해 순식간에 증발해서 생겨난 운무인 것이다!

그 운무를 바라보며 벽력도가 미소했다.

"꼭 그렇다고 할 수는 없으되, 또 굳이 아니라고도 할 수도 없겠소이다. 친구라면 이 길로 함께 서가촌에 내려가 술잔을 나눌 것이요, 아니라면 조용히 온 길로 돌아가라 권해 줄 것이기 때문이외다."

화룡소도 입가에 미소를 머금었다.

"과연 그렇구려! 하지만 듣자 하니 서가촌에서 귀 가문과 본문의 사이가 그리 좋지 않다 하더이다. 우선은 그것부터 해결해야 하지 않겠소?"

"껄껄! 다들 오래 칼을 품고 있었더니 녹이 많이 슬은 모양이외다. 금방이라도 시험해 보지 않고는 견딜 수가 없을 것 같지 않소이까?"

"엉덩이도 무거운 우리를 한데 모으다니. 어떤 꼬마인지 제법 재주가 좋소."

"핑계 김에, 우리에게야 잘된 일 아니겠소?"

츠츠츳.

뱀이 위협하는 소리를 내며 벽력도의 장포가 부풀기 시작했다. 머리 위로 길게 가지를 드리운 나뭇가지들이 벽력도의 공력에 부산하게 떨어대며 빗방울을 튕겨댔다.

벽력도가 살벌한 표정으로 말했다.

"조심하시오. 오랜만의 칼질이라 많이 서툴 거외다."

쉬이이익!

화룡소의 몸에서 피어나는 운무가 더욱 짙어졌다.

"나 또한 마음껏 연주를 할 것이니, 연주가 부족하다 탓하지나 마시구려."

누구도 두려워하거나 꺼려하는 기색이 없었다.

벽력도가 도를 서서히 도집에서 꺼내고 화룡소가 허리춤의 옥피리를 잡아갈 때였다.

깡마르고 얄팍한 몸에 납작하게 주저앉은 건을 쓴 노인이 언덕을 올라왔다.

깡마른 노인은 두 사람이 대치하고 있는 상황을 보더니 자신도 곧 허리춤에서 철로 만든 시커먼 주판(籌板)을 꺼내 들었다. 시커먼 주판에 공력이 깃들었는지 빗물이 뿌옇게 수증기로 화해 흩어지고 있었다.

"성질들도 급하시군. 벌써 시작하시는 거요? 자자, 내가 지켜보고 있을 터이니 어서들 해 보시구려."

예상치 않은 새로운 인물의 등장에 화룡소와 벽력도가 쓴웃음을 지었다. 어느 쪽이나 사력을 다해야 승부를 볼 수 있는 상대였다. 싸우고 싶은 마음은 굴뚝같으나 남은 한 명이 어부지리를 얻게 만들 수는 없었다.

화룡소와 벽력도는 한 걸음씩을 물러섰다.

화룡소가 새로이 나타난 노인 쪽을 보았다.

"나는 무영문에서 온 촌부올시다. 강호의 동도들은 화룡소라 부르고 있소. 귀하는 혹시 산동악가에서 오신 금산판(金算板) 산산노사(算算老師)가 아니시오?"

"하하! 잘 보았소. 내가 바로 금산판이오."

산산노사는 벽력도와 안면이 있는지 벽력도를 보고 히죽 웃었다. 염소수염이 말려 올라가 기분 나쁜 표정이었다.

"이거 아쉽구만. 화룡소 때문에 자네 머리에 주판알을 박아줄 기회가 조금 늦춰졌군. 운이 좋은걸?"

벽력도가 어이없다는 표정으로 산산노사를 쳐다보았다.

"그 망할 주판을 한 번 더 동강내면 정신을 차리려나?"

"그때는 어렸을 때고."

산산노사가 주판알을 죽 긁었다.

좌라라락!

빗물이 사방으로 튀어 나가며 주판에 서려 있던 공력이 사라졌다.

누가 먼저랄 것도 없이 세 사람은 그들이 걸어온 길을 돌아보았다.

찌를 듯한 살기가 쏟아져 오고 있었다. 한두 개가 아니라 굉장히 많은 수다.

"몰려오는군."

산산노사가 누런 이를 드러내고 웃었다.

"여기서 싸움박질을 구경하는 것도 흥미진진하겠지만 아직은 때가 아닌 것 같소."

화룡소도 옥소를 다시 허리춤에 꽂았다.

"나도 개인적으로 난장판은 좋아하지 않소이다."

벽력도도 동의했다.

"무슨 일이든 제대로 뜸을 들여야 맛이 나는 법이지."

화룡소와 벽력도, 산산노사는 천천히 기다렸다.

다가오던 살기들이 멈추더니 적당한 거리를 유지하며 여기저기서 불쑥불쑥 인영들이 나타났다. 열 개가 넘는 인영들은 저마다 운무와 수증기를 피워 모습이 잘 드러나지 않았다.

"시작할 텐가?"

인영 중의 하나가 묻자 다른 인영이 되물었다.

"그 전에 해야 할 일이 있다는 걸 모르나."

"장씨 꼬마 얘기로군."

인영들이 저마다 말을 하며 대화를 했다.

"그냥 보쌈해 와서 분근착골 몇 번 하면 아는 걸 죄다 술술 불게 마련인데 굳이 신경 쓸 필요가 있는가?"

"그리 쉽게 잡힐 녀석은 아니라고 하더만."

"게다가 각서인지 뭔지 때문에 함부로 행동하기도 곤란

하고."

"각서?"

"오면서 들었는데 바로 며칠 전에 몇몇 바보 같은 녀석들이 덤벼들었다가 반 강제로 각서에 수결을 하게 되었다지. 알다시피 그 각서는 불가침의 내용일세."

인영들이 껄껄댔다.

"이거 어른이 되어가지고 무르자고 할 수도 없고 모른 척할 수도 없고."

"밑의 것들이 한 일이니 우리가 신경 쓸 필요가 있나."

"그 밑의 것들이 함부로 무력을 쓰다가 쫓겨나서 마을에는 발도 못 들이고 찬이슬을 맞고 있다하네."

"이런 상황에서 우리가 장씨 꼬마에게 단체로 손을 쓴다면 세간의 눈이 곱지만은 않을 걸세."

"당연히 우리가 단체로 그러한 일을 해서는 안 되는 것이지. 또 여기에는 상호간의 입장과 천문비록의 입수 문제도 걸려 있고 말이야."

"그럼 어찌하면 좋겠나?"

잠시 말이 멈추고 침묵하던 중에 산산노사가 제안했다.

"놈을 부르지."

"부른다?"

"소환령을 내리자는 게군?"

"그렇다네."

"호오!"

전 문파를 대표하는 최고수들이 같은 뜻으로 내린 소환령을 거부한다면 그에 대한 보복을 분명히 감수해야 할 터였다. 장건 개인뿐만이 아니라 가족들, 혹은 속한 문파까지도.

그땐 개개인이 아니라 최고수들의 문파까지 무시하는 행동이 되는 것이다.

"격식 상으로도 문제없고 체면도 살고, 나쁘지 않군."

"그럼 모두 동의하는가?"

"동의하네."

"허면 잠시 후에 다시 만나도록 하지."

그 순간 인영들의 모습이 홀연히 사라지기 시작했다.

"성질들도 급하군."

미리 몸을 드러내고 있던 산산노사와 화룡소, 벽력도 또한 누가 먼저랄 것도 없이 서로를 돌아보았다.

"우리도 그만 이쯤에서 헤어집시다."

"그럽시다."

쏴아아.

갑작스레 퍼붓는 빗속에서 세 사람은 서로 다른 길로 갈라져 내려갔다.

아주 잠깐 동안 마지막 발악처럼 빗줄기가 쏟아지며 성질을 부리다가 언제 그랬냐는 듯 금세 그쳤다.

  *   *   *

최고수들은 언덕을 내려와 서가촌 앞에서 머물고 있던 자파의 제자들을 찾아갔다.
"쯧쯧, 모자란 것들."
진주 언가의 최고수 철담공의 질책에 외당주와 제자들은 고개를 들지 못했다.
철담공이 허술한 움막을 둘러보며 연신 혀를 찼다. 장건에게 쫓겨나서 서가촌 밖에 임시로 만든 거처였다.
"가자."
외당주가 철담공의 눈치를 보다가 물었다.
"예? 가자는 말씀은······?"
"언제까지 예서 기다리겠느냐. 이미 소환령을 내리기로 합의를 보았다. 제자들을 보내 장씨 꼬마를 찾아오란 뜻이다."
"합의를 보셨다니요?"
"여기에 온 게 어디 나뿐만이겠느냐."
"아······!"

철담공의 말뜻을 알아들은 외당주와 제자들은 스스로도 모르게 탄성을 냈다.

진주 언가뿐 아니라 다른 문파에서도 최고수를 파견하였다는 것은 알고 있었는데, 그들이 드디어 도착한 것이다.

철담공이 코웃음을 쳤다.

"장씨 꼬마가 얼마나 대단한진 몰라도 오늘밤엔 모두 따뜻한 방에서 잘 수 있게 될 게다."

외당주와 제자들은 저도 모르게 멍한 표정을 지었다.

소년 한 명 때문에 각대 문파의 최고수들이 모였다.

이것은 그야말로 전대미문의 사건이 아닌가!

* * *

아무것도 모르는 장건은 여느 때처럼 소녀들과 저녁 시간을 보내고 있었다.

한데 누군가 제멋대로 닫힌 가게 문을 열고 들어왔다.

"여기에 있었군!"

들어온 이는 약관의 젊은 무인이었다. 젊은 무인이 다짜고짜 외쳤다.

"장 소협이 여기 있다고 해서 찾아왔소!"

"장 소협을?"

소녀들은 의아한 눈길로 서로를 마주 보았다.

어차피 장건이 이 시간이면 어디에 있는지 알 만한 사람은 다 알았다.

하연홍이 경계의 눈빛으로 물었다.

"무슨…… 일이시죠?"

젊은 무인이 장건을 쳐다보며 다짜고짜 말했다.

"장 소협은 나를 따르시오. 지금 당장."

"예?"

소녀들은 잠깐 어리둥절했다.

젊은 무인이 거절을 용납하지 않겠다는 투의 어조로 말했다.

"뭇 어르신들께서 장 소협을 기다리고 계시니 지체하지 마시오! 이것은 전 문파를 대표한 소환령이오!"

백리연이 확인하듯 물었다.

"어르신들이라면 누굴 말씀하시는 거죠?"

젊은 무인은 백리연을 힐끗 보더니 조금 말투가 누그러졌다.

"각대 문파의 최고수분들 모두요."

"도대체 무슨 소리야?"

다들 어리둥절해하자, 젊은 무인이 거만하게 웃으면서 말했다.

"그분들의 면면을 말하자면……."

젊은 무인은 한동안 뜸을 들이다가 즐기듯 말을 툭 던졌다.

"악조수 어르신."

젊은 무인의 입에서 나온 말을 들은 소녀들은―물론 장건을 제외하고― 눈을 동그랗게 떴다.

"악조수 황보성?"

"에이, 설마."

황보성은 황보가의 최고수다. 소녀들은 설마하니 그런 사람이 여기까지 왔을 거라고는 생각도 못 했다.

"거짓말인 것 같소?"

젊은 무인이 장건을 부른 이들의 별호와 이름을 하나씩 말했다.

"무영문의 화룡소!"

"청성파의 운일도장!"

"육음지공을 대성한 공동파의 최고 고수 육망지 고 어르신!"

그가 이름을 말할 때마다 소녀들은 점점 더 멍해져갔다.

"곤륜파의 태청진인…… 단목가의 석랑자…… 진주 언가의 철담공……."

하나같이 쟁쟁한 이름들이었다!

그것도 모두 하나같이 각 문파를 대표하는 고수들!

우내십존이 아니었다면 지금쯤 우내십존 대신 위명을 떨치고 있었을 이들이다.

"아니, 그런 분들이 왜?"

"정말이에요?"

젊은 무인이 오만하게 웃었다.

"그럼 내가 거짓말을 하겠소?"

"하하…… 하…….”

제갈영은 질린 얼굴로 의자에 몸을 기댔고, 양소은은 뜨거운 차를 물처럼 벌컥벌컥 마셨다. 백리연은 약간 창백한 표정이었으며 하연홍은 아직도 입을 닫지 못하고 놀라는 중이었다.

"이게 대체 무슨 일이야."

그리고 그들이 장건에게 소환령을 내렸다.

제갈영이 양소은을 보고 물었다.

"그 일 때문은 아니겠지? 응?"

"왜 아니겠어. 장로님들이 마을 밖으로 내쫓겼잖아. 그것만으로도 충분히 각 문파의 체면이 말이 아니게 됐는데."

멍해 있던 상달은 갑자기 뭔가를 결심한 듯한 결연한 얼굴로 품에서 서신 비슷한 것을 꺼냈다. 제갈영이 멀뚱히 쳐다보자 제갈영의 손에 서신을 건네주며 말했다.
"혹시 몰라 그동안 망설이고 있었는데 오늘은 말씀드려야겠습니다."
"응? 설마 그동안…… 나를?"
"여기 사표 수리 좀……."
"……."
제갈영이 소리를 쳤다.
"이 아저씨가 지금 상황에 사표라니! 가게가 어려우면 돕고 살아야지!"
"어려운 정도가 아니잖아요! 어려운 게 아니라 그냥 다 죽게 생겼는데!"
"아무튼 안 돼, 안 돼. 죽어도 같이 죽어."
"벽력도에 금산판까지 있다잖아요! 이러지 말고 제발 사표 좀……."
제갈영은 결단코 사표를 받지 않으려고 상달과 실랑이를 벌였다. 하지만 아무도 웃는 사람은 없었다.
"와…… 이거 진짜 보통 일이 아니네."
하연홍이 고개를 절레절레 흔들었다. 당연히 평범한 사건이 아니었다. 문파의 최고수들이 모였으니 무슨 사단이 나도 크게 날 수 있었다.
소녀들은 상달을 째릿한 눈으로 노려보았다.

상달이 항변했다.

"나야 입 턴 죄밖에 더 있어요? 다른 건 다 장 소협이 했다고요!"

장건이 끄덕였다.

"맞아요. 내가 한 일이니까 내가 책임을 져야죠."

양소은이 버럭 화를 냈다.

"무슨 잘못! 난동을 피운 건 그쪽들이 먼저였잖아."

다른 소녀들도 동의했다.

"맞아 맞아."

"우린 그분들 때문에 망하기 일보 직전이잖아."

"그분들이 한 짓을 생각하면 쫓겨나도 싸지."

양소은이 씩씩거렸다.

"해도 해도 너무하잖아. 어떻게 그걸 따지겠다고 문파의 최고 고수들을 보낼 수 있냐?"

하연홍이 가만히 있다가 대꾸했다.

"다른 사람도 아니고 장 소협이니까 그렇죠."

양소은이 흠칫했다.

"아, 그러네?"

양소은의 부친인 신창도 장건을 상대하다가 도망갔다는 소문이 있을 정도였고, 각대 문파의 장로급으로도 해결이 안 된 상황이다. 최고수들이 나서는 게 순리상으로는 맞았다. 물론 도리상으로는 조금 생각해 볼일이긴 했지만.

"그러니까요."

문득 양소은이 의문을 제기했다.

"근데 시간상으로 좀 안 맞는 거 같지 않아? 그 일이 있은 지가 얼마나 됐다고 강호 전역에서 며칠 만에 찾아왔다는 게."

백리연이 대답했다.

"그분들 정도라면 못할 일도 아니라고 봐요."

"그야 그렇지만……."

"아무튼 큰일이네. 이 일을 어떻게 해야 하지?"

분위기가 심상치 않았다. 그렇다고 소환령을 내렸는데 달아날 수도 없는 노릇이었다.

젊은 무인은 기다리기 귀찮은 투로 언성을 높였다.

"갈 거요, 말 거요!"

장건이 되물었다.

"안 가도 돼요?"

젊은 무인의 얼굴이 일그러졌다.

"안 되오!"

양소은이 물었다.

"왜 장 소협을 찾는데요?"

"귀찮게 묻지 말고 그냥 따르시오, 당장! 이것은 내가 아니라 어르신들의······."

양소은이 갑자기 발을 굴렀다.

쾅!

널빤지를 이어붙인 바닥이 울리면서 나뭇조각이 마구 튀었다.

양소은이 발을 한 번 더 구르자 우지직, 소리와 함께 널빤지가 뒤틀리고 파도처럼 출렁거렸다.

"엇!"

젊은 무인이 중심을 잃고 비틀거렸다. 바닥에 발이 빠질 뻔하며 무릎을 꿇었다. 창피해진 젊은 무인이 몸을 일으키려는데 양소은이 젊은 무인의 어깨를 걷어차 버렸다.

벌러덩!

젊은 무인은 볼품없이 뒤로 나동그라졌다.

공력을 담아 찬 게 아니라 내상은 없었으나 수치심에 얼굴이 시뻘게졌다.

"이게 무슨 짓이오!"

"무슨 짓?"

양소은이 팔짱을 끼고 젊은 무인을 내려다보았다.

"야, 말을 전하러 왔으면 곱게 하고 갈 것이지, 뭐? 다짜고짜 나를 따르시오? 네게 심부름을 시킨 사람이 고수지, 네가 고수냐?"

젊은 무인의 얼굴이 붉으락푸르락 해졌다.

"그곳에 계신 분들의 면면을 알고도 전언(傳言)을 가져온 내게 이런 짓을 하다니! 소저는 지금 그분들을 무시하고 있는 건가!"

양소은이 주먹을 치켜들었다.

"그래도 이게 정신을 못 차리고!"

젊은 무인이 흠칫해서 몸을 움츠렸다.

"아니, 그러니까 저는 그냥……."

백리연이 그런 양소은을 말렸다.

"그만둬요, 언니."

"저거 복장을 보아하니 형산파의 제자 같은데 전에 장소협에게 당하고 나서 아주 악에 받쳤나보네. 근데 뭘 믿고 저래?"

형산파란 말을 듣고 하연홍이 말했다.

"형산파의 최고 고수라면 천강수(天剛手)를 일절로 꼽는 북무선생이란 분이 계시죠."

젊은 무인이 다시 자신감을 되찾았는지 코웃음을 치며 말했다.

"그렇소. 본문의 북무 사백께서도 걸음을 하셨소이다. 그리고 나는 '저거'가 아니라 대형산파의 제자 자호요."

양소은이 눈을 부라렸다.

"눈 안 깔어? 진짜 옛날 성질 같았으면 확!"

자호는 조금 주눅 든 모습으로 시선을 살짝 낮춘 채 말했다.

"어, 어쨌든 장 소협이 지, 지금 날 따라가야 한다는 사실은 변하지 않소."

소녀들의 얼굴에 근심이 어렸다.

"어쩌지?"

제갈영이 아랫입술을 삐죽 내밀며 말했다.

"오라버니가 원한다면 가지 않을 수는 있어. 오라버니는 지금 명백히 나라의 직책을 맡고 있으니까 아무리 소환령이라 할지라도, 오라버니가 안 간다 하면 대놓고 어떻게는 못 할 거야."

하지만 지금의 일을 해결하려면 장건이 가야만 한다. 소녀들도 사실 그걸 원하는 마음이 없지는 않다.

그렇지만 아무리 생각해 봐도 길(吉)보다는 흉(凶)이 많은 소환이었다. 당장에 소환령을 받고 온 자호의 태도만 보아도 그쪽 분위기를 충분히 짐작할 수 있는 것이다.

물론 문파들의 존장급 인사가 부르는데 모른 척하는 건 상상도 하기 어려운 일이었다. 그러나 만약에 시비가 붙으면 필시 고집 센 장건은 물러서지 않을 거고, 그러면 수십 명에 달하는 최고수들과 싸우게 되고 만다.

그들이 왔다 119

거대 문파 최고수들 수십 명과 싸운다? 그건 설사 우내 십존이라 하더라도 혼자서 할 수 있는 일이 아니었다.

양소은이 말했다.

"나도 장 소협이 안 갔으면 좋겠어. 솔직히 말해서 우린 평화로운 세상에 살고 있는 중이지만 옛날 노인네들은 그렇지 않았단 말야. 눈 뽑고 귀 베고 팔 하나 잘라 내는 걸 우습게 여기던 시대에 살던 사람들이라고."

장건도 알고 있었다. 풍진도 애면 장건의 팔을 자르겠다며 덤빈 무인 중 하나였다.

백리연도 제갈영의 말에 동의했다.

"그래요. 오늘 저녁엔 일단 소림사로 돌아가서 방장 대사님과 상의를 해 보는 게 좋겠어요."

자호가 눈을 치켜떴다.

"지금 누구의 말씀을 거역하는 것이오! 그러고도 무사할……."

"가겠어요."

장건이 별안간 찌르는 것처럼 말을 던졌기에 자호는 잠깐 동안 말을 잃었다.

소녀들이 외쳤다.

"장 소협!"

"오라버니!"

"지금 이게 얼마나 위험한 일인지 아는 거예요?"

장건이 잠깐 생각하다가 대답했다.

"저도 제가 왜 가야 하는지 잘 모르겠어요. 하지만 꼭 확인해 보고 싶은 게 있어요."

설사 제대로 된 대답을 얻지 못하더라도 모두가 모인 자리에서라면 어쨌든 그에 대한 실마리나마 알아낼 수 있을지 모른다.

"가지 않으면 아무것도 알 수 없을 테고, 아무것도 달라지지 않을 거잖아요."

"하지만……!"

장건이 소녀들의 걱정스러운 부름을 무시하고 재차 물었다.

"모이셨다는 곳이 어디죠?"

자호가 얼떨결에 대답했다.

"일전에 장 소협이 무당파의 귀인과 대결을 벌였던 그 공터에……."

"아아, 거기구나."

어른의 키를 훌쩍 넘는 아름드리나무들이 울타리처럼 둘러싸고 있는 공터였다. 약간 외진데다가 넓진 않아도 수십 명의 사람들이 모이기엔 충분한 공간이었다.

"그럼 우리도 같이 가!"

제갈영의 외침에 자호가 고개를 내저었다.

"어르신들께선 장 소협 한 명만 오라 하셨소. 다른 이는 일절 들이지 않을 것이오."

장건이 자호를 독촉했다.

"알았으니까 가죠."

"따라오시오."

자호가 먼저 가게를 나섰다.

자호는 가게를 나서자 크게 휘파람을 불었다.

삐이익!

동시에 곳곳에서 자호의 휘파람에 동조하여 다른 이들이 휘파람이 불었다.

장건을 찾았다는 뜻이다.

소녀들은 걱정스러운 눈빛으로 장건을 보았다. 순하지만 한 번 고집을 세우면 좀처럼 꺾지 않는 장건이었다. 장건이 저렇듯 결심을 해버리면 더 이상 말릴 도리가 없는 것이다.

제갈영이 말리는 걸 포기하고 말했다.

"오라버니, 여차하면 도망이라도 가. 알았지?"

"걱정 말아."

장건이 고개를 끄덕였다. 그러곤 잔뜩 찌푸려서 아주 간혹 빗방울 하나씩을 똑 똑 떨어뜨리는 하늘을 시선으로 가리켰다.

"이젠 장마도 끝났잖아."

* * *

퍼붓던 비가 잠잠해졌어도 날이 흐려서 벌써 주위는 컴컴했다.

멀리 보이는 서가촌의 전경은 변화했던 예전과 달리 어두웠다. 사람들이 떠나 휑하니 비어 버린 서가촌의 거리는 불빛도 없이 건물만 죽 늘어서 있어 볼 때마다 을씨년스러웠다.

장건은 컴컴한 서가촌을 보며 생각에 잠겼다.

요 며칠 계속해서 고민이었다. 자신이 지금 잘하고 있는 건지 도무지 알 수가 없었다.

지난번 일은 나날이 황량해져가는 서가촌을 보다가 저도 모르게 욱해서 저지른 일이었다.

하지만 달리 방도가 없었다.

말? 대화?

그런 게 무림인들에게 통할 리가 없다.

대화가 통했다면 장건이 그렇게 몇 번이고 죽을 고비를 넘길 일도 없었을 것이다. 장건이 술까지 마셔가며 사고를 칠 일도 없었을 것이다.

그렇다고 술을 마시고 함부로 행패를 부린 게 용납될 일도 아니었다. 이곳이 무림이니 망정이지 일반인들 간의 일이었다면 장건은 관아에 잡혀가고도 남았을 터였다.

'무공……'

장건은 나지막하게 한숨을 내쉬었다.

마음이 복잡했다.

무공을 배우는 것도 쓰는 것도 좋지만, 그것을 자신과 다르게 활용하는 무림인들을 보면 씁쓸하기만 하다.

어느샌가 칼을 보아도 그다지 무섭진 않게 되었고, 누군가 '싸우다가 죽은 것 같다'는 얘기를 들어도 별다른 느낌을 받지 못하는 자신을 보면 두렵기까지 했다.

'이대로 집에 돌아가도 잘 적응할 수 있을까?'

집에 돌아가서 적응하는 것도 문제였지만, 그때도 무림의 일에 휘말려 주변 사람이 피해를 입게 될 지도 모르는 것.

장건은 그것도 걱정스러웠다.

환야 허량의 조언을 받아들여 각서를 받고 있긴 하지만 그것이 장건의 불안을 원천적으로 없애주는 건 아니었다.

도대체 언제까지 이렇게 살아야 할지 알 수가 없었다.

그래서 각 문파의 어른들이 모두 모였다니 조금 겁도 나면서 한편으로는 잘 됐다는 생각도 했다.

여차하면 굉장한 싸움이 날 수도 있었으나 운이 좋다면 이번 한 번으로 장건의 고민들을 대거 정리할 수 있을지도 모른다.

하여 장건은 자호를 따라나설 때부터 이미 어느 정도의 각오를 하고 있었다.

어느덧 장건도 사선을 몇 번이나 넘나든 경험을 한 무인이었다. 많이 침착해졌다. 물론 장건의 생각을 최고수들이 알았다면 발칙하다고 생각했을 테지만.

"아 참."

장건은 걸음을 멈추고 뒤를 돌아보았다.

진흙탕을 마구 밟으며 자호가 허겁지겁 따라오는 중이었다.

자호의 표정은 완전히 질려 있었는데 그도 그럴 것이, 장건의 신법이 실로 오묘했기 때문이었다.

'저것이 팔각활빙보!'

대로를 가는 데도 그냥 쭉 가는 것이 아니라 좌우로 마구 이동한다. 미끄러지듯 사사삭 이동하는 데 그걸 도무지 뛴다고 표현하기가 어려웠다. 게다가 하도 좌우로 움직여대니 눈이 다 어지러울 지경이었다. 따라잡는 것만도 힘겨워 죽겠는데 계속 눈앞에서 서너 개의 잔상이 흔들려 정신이 하나도 없었다.

그들이 왔다 125

"몇 명이죠?"

그래서 장건이 걸음을 멈추고 그렇게 물었을 때에도 자호는 어리둥절해하고 있었다.

"지금 뭐라고 했소?"

"모이신 분들요. 몇 분이시죠? 지금 생각나서요."

"문하 제자들까지 포함해서 총 여든 아홉 명이오."

"아, 그럼 적어도 스무 장 정도는 필요하겠네."

그만큼 쓰게 될지 하나도 쓰지 못하게 될지는 알 수 없었으나 준비는 해 둘 필요가 있었다.

"다관에 좀 남아 있으니 거길 갔다가 가야겠다."

"뭐요?"

장건이 자호에게 말했다.

"전 잠깐 어딜 좀 들러야 해서 먼저 갈게요. 어딘지 아니까 거기로 갈게요."

"그게 무슨!"

안 된다고 할 수도 없었다. 장건은 벌써 흐릿한 잔상을 몇 개나 남기며 앞서 달려가고 있었다. 힘껏 달려서 쫓아갔지만 당연하게도 장건을 따라잡을 수 없었다.

장건이 저 멀리에서 쫓아오는 자호를 보고 소리쳤다.

"꼭 갈 테니까 안 따라오셔도 돼요!"

자호는 장건을 뒤쫓기를 포기하고 자리에 멈추어 섰다.

"헉헉…… 도대체 왜 저렇게 왔다갔다 거리면서 경공을 하는 거야, 정신없게."

그런데 그렇게 왔다 갔다 하는 장건을 직선으로 달려도 따라잡을 수 없다는 것이 은근히 소름 끼쳤다.

자호는 장건의 모습이 완전히 어둠 속으로 사라지자 자신의 발을 내려다보았다. 흙탕물이 다 튀고 젖어서 엉망이었다.

"에이, 옷 다 버렸구만."

자호는 자신과 달리 장건의 옷은 깨끗하기 그지없다는 걸 알지 못했다. 장건이 이리저리 움직이며 달린 것도 길의 웅덩이나 더러운 곳을 피해가기 때문이었던 것이다.

마침 길가에 천막을 친 노점도 있고 하여 내친김에 자호는 잠시 한숨 돌리고 가기로 했다. 어차피 마음먹고 달아났다면 따라잡을 길은 없고 장건보다 먼저 가 봐야 설명하기도 애매하니 차라리 조금 늦게 가는 것이 나을 듯싶어서였다.

그런데 이 작은 행동이 얼마나 큰 사건을 야기하게 될지, 자호는 알지 못했다.

괜히 쉬겠다는 생각을 하지 않았더라면, 그냥 먼저 가서 얘기했다면, 장건이 중간에 각서를 가지러 가지 않았더라면.

어쩌면 일은 그렇게까지 크게 꼬이지 않았을 지도 몰랐다…….

제4장

뭐야 저건……?

　큰 나무들이 병풍처럼 빙 둘러쳐진 공터에 많은 사람들이 모여 있었다.

　각 문파에서 온 이들이었다. 처음 장건을 감시하기 위해 온 제자들부터 후에 온 장로들, 그리고 이번에 도착한 최고수들까지 거의 다 한 자리에 모인 것이다.

　보통 대외적으로 만난 자리라면 억지로라도 웃으면서 대화를 나누기 마련인데, 이곳 분위기는 그저 냉랭하기만 했다. 조용한 와중에 날선 대화가 오가곤 할 뿐이다.

　최초의 불화를 야기했던 이들 중 한 명인 공동파의 장로가 혼잣말을 하며 이죽댔다.

"소림소마를 부른 것까지는 좋은데, 불러서는? 부른 다음엔 어떻게 하려고?"

혼잣말이지만 뭇 중인들이 들으라 한 말이다. 어차피 최고수들과의 배분이 거의 같으므로 못할 말은 아니었다.

당연히 공동파의 장로와 대립하던 남궁가의 노고수가 대번에 불쾌한 기색을 띠었다.

"그럼 앞으로 수백 년 동안 마냥 이러고 있는 게 옳을까? 의견이 마음에 들지 않으면 다른 방법을 내어놓든지 해야지, 머릿속에 든 건 하나도 없으면서 무작정 반대를 위한 반대만 하고 있으니, 쯧!"

그들의 말을 듣다가 마치 쌍둥이처럼 비슷하게 닮은 창천이로 두 사람이 껄껄 웃었다.

그중 한 명인 강노가 옆의 만노에게 말을 건넸다.

"요즘 서래제일산(西來第一山)의 물이 그렇게 안 좋다며?"

만노가 웃으면서 대답했다.

"선대가 기껏 좋은 명당에 자리를 잡아놨더니, 그 후손들이 정기를 갈고 닦기는커녕 정신 못 차리고 아무데나 똥오줌을 퍼질러 대서 그리 됐다지?"

"어이쿠, 구린내가 진동을 하겠구먼."

몇몇 좌중들이 피식거리고 웃었다. 서래제일산은 공동산

을 지칭하는 말이다. 요즈음 공동파의 안팎이 어지러움을 비꼬아 한 말이었다.

공동파 장로의 얼굴이 붉게 달아올랐다.

"적반하장도 유분수지, 본파의 환란이 누구 때문인데!"

창천이로가 또다시 껄껄대고 웃었다.

"이상한 데서 뺨맞고 애먼 데에 화풀이를 하는 게 서래 제일산의 전통인가 보이?"

"그러니까 선대의 공적을 갉아먹는다는 얘기를 들어도 싸지?"

"그러게 말일세, 껄껄껄!"

공동파의 최고수 육망지 고릉이 손가락 관절을 우두둑 꺾었다.

날카로운 살기가 공터를 뒤덮었다. 창천이로의 웃음소리가 줄어들었다.

"고작 무공 하나 못 쓰게 되었다고 동네방네 하소연을 하고 다닐 정도의 문파가 도대체 어떤 꼬락서니인가 참 궁금하더라만, 오늘 보니 알겠네. 왜 그런 꼬라지인지를."

고릉의 말에 곁에 있던 전진파의 최고수 죽림옹이 한 마디를 보탰다.

"어디서 후레자식인가 데릴사위인가를 들였다 들었는데 어째…… 쓸 만한 유모는 구하셨던가?"

뭐야 저건……? 133

창천이로의 얼굴이 구겨졌다. 욕설을 은근슬쩍 끼워 넣은 건 그렇다 쳐도 검왕의 진전이 문사명에게 이어진 것은 남궁가의 치부다. 아직 강호에서 별다른 명성을 떨치지 못하여 애송이에 불과한 문사명에게 기대는 남궁가를 조롱한 것이다.

이번엔 창천이로에게서부터 은근히 살기가 뿜어져 나왔다.

"등선할 날이 다 됐으면 조용히 소 풀 뜯어먹는 그림이나 그리다가 갈 것이지, 부러 혼탁한 똥구덩이에 발을 담그러 나온 까닭은 무엇인고?"

"난 알겠네. 제 손으로 똥을 퍼서 사방에 뿌리면 제 문파 놈이 싸지른 더러운 업보가 가려질 줄 아는가 보이!"

전진파의 치부는 누가 뭐래도 종암이다.

죽림옹이 '허허' 하고 어이없이 웃었다.

"알고 보니 딴 데서 뺨맞고 와 애먼 데에 화풀이하는 전통은 그쪽에 있었군?"

"거기가 왜 애먼 데인가?"

"우리도 피해자올시다."

"쯧쯧, 개가 듣다 웃을 소리를."

"허어, 어디 말을 못 가리고 함부로."

죽림옹의 눈살이 찌푸려지며 찌를 듯한 살기가 흘러나왔

다.

 장로들이야 그렇다 치더라도 젊은 제자들 몇몇은 살기를 감당하지 못하고 안색이 하얘졌다.

 "으윽!"

 그중에 남궁가의 식솔이 끼어 있자, 창천이로의 미간도 찌푸려졌다.

 창천이로의 살기가 급격히 거세지며 육망지 고릉의 주위에 있던 공동파 장로와 제자까지 주춤거렸다. 공동파의 젊은 제자가 파리해진 얼굴로 몇 걸음이나 물러섰다.

 심지어는 주변까지 파급이 미쳤다.

 최고수들이 고의적으로 살기를 마구 뿌려 대는 탓도 있다.

 자기들이야 재밌을지 몰라도 남들은 아니었다. 청성파의 차웅도 살기를 못 견디고 핼쑥한 안색으로 공력을 끌어올렸다. 그 모습을 본 청성파의 운일도장이 소매를 휘저었다.

 "주소를 잘못 찾았잖소."

 한데 운일도장은 살기를 소멸시킨 게 아니라 은근슬쩍 팽가 쪽으로 흘려보냈다.

 이를 눈치챈 팽가의 벽력도가 마주 기운을 내뿜었다.

 "청운적하검법을 대성했다더니 빨리 시험해 보고 싶어서 안달이 난 모양이지?"

"클클, 부인하지 않겠소이다."

몇몇 문파 쪽에서의 살기가 더해졌다. 본격적인 탐색전이었다.

젊은 제자들만 죽을 맛이었다. 살기는 그야말로 '죽이겠다'는 위협이다. 숨조차 제대로 쉬기 힘들 만큼 압박감이 든다.

점점 심해지는 살기에 장로들마저도 조금 견디기 힘들다 생각할 즈음, 청아한 목소리의 불호가 살기들을 누그러뜨렸다.

"나무아미타불. 잠깐 그만 하십시다. 여기 계신 시주 분들 중에 그 정도 못하는 사람이 어디 있다고 힘자랑들을 하시오?"

아미파의 최고수인 백무이고였다. 연화사태의 사매로 깐깐하고 날카로운 성격이었다.

살기를 뿜고 있던 이들은 찔끔했지만 그렇다고 멈추진 않았다. 간만에 재미난 중이다.

광동 진가의 최고수 청면도객이 연화사태에게 말했다.

"내버려 두시오. 어차피 다들 몸 좀 풀어볼까 하여 온 것 아니오?"

백무이고는 고개를 저었다.

"강호에서 함께 칼밥을 먹고 사는 사람들끼리 싸움을 한다 하여 누가 뭐랍디까? 그저 그 나이 먹고 싸울 때와 싸우지 않을 때를 가릴 줄도 모르니 이를 두고 강호의 후배들이 어찌 생각할까 두려워하는 말입니다."

그래도 여전히 살기가 오가고 있었다.

백무이고가 혀를 찼다.

"곧 소림소마가 찾아올 텐데 이 꼴을 보면 참 재밌어 하겠소. 잘들 하는 짓이외다."

진주 언가의 최고수 철담공이 귀찮다는 투로 말했다.

"바쁜 사람들은 내버려 두고 우린 소림소마가 오면 어떻게 할 것인지나 말해봅시다."

한쪽에선 살기가 난무하는데 다른 쪽에선 신경 쓰지 않는 묘한 모습이었다.

곤륜파 태청진인이 태연히 답했다.

"일단 무릎을 꿇려야지. 워낙 괴이한 놈이라 하니 그 전에야 어디 입을 열겠소? 듣자 하니 자만심이 하늘 높은 줄 모르고, 새치 혀로 사람을 약 올리는 재주까지 제법이라 하더이다. 다리를 부러뜨려서 찬 바닥에 꿇려놔야 천문비록이든 우릴 부른 목적이든 술술 불 거요."

"틀린 말은 아니구려. 그리 합시다. 허면 누가 장안에 명성이 자자한 소림소마에게 따끔한 맛을 보여주시겠소?"

일전에 서가촌에 파견된 이들이 순번 문제로 다투었던

걸 아는 터라 최고수들은 같은 실수를 반복하려 하지 않았다. 하지만 엄밀히 말하자면, 지금도 여전히 자존심 싸움의 연장선이다. 장건과의 싸움을 기피하려는 생각은 없지만 굳이 여럿 앞에서 곡예사의 원숭이처럼 구경거리가 되고 싶지는 않은 것이다.

하여 누구도 쉽사리 나서는 사람이 없었다.

그러던 중 무영문의 화룡소 반오가 포권하며 앞서 나와 백무이고에게 물었다.

"무영문의 반오가 사태께 한 말씀 여쭙겠소. 아미파는 이번 일에 관련이 없을 텐데, 사태는 이곳을 어찌 오셨소?"

백무이고가 답했다.

"본파가 큰 관련은 없으나, 이번 일에 사천의 문파가 적잖이 관련되었지요. 아미파도 사천무인연합의 일원인 만큼 가만히 두고 보기 어려워, 필요하다면 중재라도 나설 생각으로 방문하였습니다."

화룡소 반오가 문파의 이들을 둘러보며 팔을 펼쳤다.

"그렇다면 굳이 어린아이에게 시비를 건다는 얘기를 듣기보다는, 중립 입장인 사태께서 소림소마에게 이번 소동의 전말을 추궁하여 주신다면 여기 있는 이들이 대부분 수긍할 수 있을 것입니다."

하나 산동악가의 산산노사가 주판을 휘휘 내저으며 끼어

들었다.

"아니지, 아니지. 소림소마가 대외적으로 내세운 것은 자신을 쓰러뜨려보라는 말이었네. 그런데 우리가 먼저 대화로 해결하자 한다면 수지가 맞지 않아."

단목가의 최고수 석랑자가 날카로운 칼날이 달린 한 쌍의 철조(鐵爪)를 짤랑대며 동의했다.

"평생 주판알을 튕겨온 산산노의 말이니 틀리지 않을 게야. 노부도 곤륜파의 의견대로 소림소마를 먼저 꿇리는 게 우선이라 본다. 하나 그 일은 직접적으로 연관된 문파에서 나서야지, 사태에게 맡길 일은 아니지."

백무이고가 고개를 끄덕였다.

"뭇 시주님들의 말씀대로 빈니가 나설 자리는 아닌 듯합니다. 하나, 그렇다고 다른 누가 흔쾌히 나서실 것 같지도 않으니 이러면 어떻겠습니까?"

"무엇이오?"

"간단하지요. 소림소마에게 상대를 고르라 하는 겁니다."

뭇 최고수들이 백무이고의 말에 크게 웃음을 터뜨렸다.

"호오, 의외로 간단하면서 좋은 방법이오."

"그거 좋소이다."

"백무이고의 말씀이 옳소."

"다들 찬성인 것 같으오."

백무이고가 중인들을 돌아보며 합장했다.

"빈니의 부족한 말을 들어주어 감사합니다. 자, 그럼 소림소마가 올 때까지 좀 어른스럽게 진득하니 기다려보도록 하지요. 어차피 소림소마의 일을 마쳐야 서로 한바탕 신나게 놀아볼 것 아니겠습니까."

최고수들이 다시 웃었다.

"보아하니 사태도 중재보다 젯밥에 더 관심이 있었구려. 일이 끝나면 함께 한 춤 놀아보시겠소?"

"거절하지 않으렵니다."

"껄껄껄!"

백무이고에 의해 상황이 정리된 듯하자, 순간 수많은 살기가 씻은 듯 사라졌다.

장로와 제자들이 황당할 정도로 찰나간에 동네 할아버지처럼 친근한 존재감으로 되돌아온 최고수들이었다. 대부분 반박귀진의 경지에까지 오른 최고수들은 무공을 익혔다는 흔적을 거의 드러내지 않은 채 '어른스럽게' 신변잡기에 대한 대화를 간간이 나누며 장건을 기다렸다.

살기가 사라진 공터는 일견 평온해 보였다.

그런데…….

＊　　　＊　　　＊

"후우!"

형산파의 자호는 의자에 걸터앉아 한숨을 돌리고 있었다.

얼마나 지났을까?

생각보다 오래 쉬었으니 일어나야겠다고 생각한 즈음, 그의 앞에 홀연히 누군가가 나타났다.

전혀 기척을 느끼지 못했기에 자호는 기겁했다.

"깜짝이야!"

혹시 자신을 찾으러 온 사람인가 해서 보니 파르라니 머리를 깎은 승려였다. 날이 많이 어두워져서 자세히 알아보긴 힘들었으나 소림사에서 온 승려 같았다.

승려가 묵직한 어조로 물었다.

"소림소마는 어디 있는가?"

정신을 차린 자호의 입가에 슬쩍 미소가 걸렸다.

'오호라, 썩어도 준치라더니. 소림사에서도 우리 어르신들의 행차를 눈치챘구만.'

평소 같으면 소림사의 나한에게 감히 얼굴도 들지 못했을 테지만 오늘은 달랐다.

바로 이곳에 소림사를 적대시하는 각대 문파의 최고수들

이 모두 모이지 않았는가!

자신 역시 형산파 최고의 고수인 북무 사백이 든든하게 자신의 뒤를 봐주는데 고작 한 명의 소림사 승려가 무엇이 두려우랴!

하여 자호는 자기도 모르게 약간 빈정대는 투로 말을 하고 말았다.

"아아, 그분을 찾고 계시구려. 하지만 헛수고일 것이요."

이 상황을 타개하려 시도해 봐야 헛수고란 뜻이었다. 장건을 일컬어 그분이라 한 호칭은 당연히 조롱이 깃든 단어였고.

그런데 그 말을 들은 승려가 갑자기 웃기 시작했다.

"클클, 과연 소림소마로군. 그 정도로 강하다는 뜻인가?"

자호는 '응?' 하고 의문을 떠올렸다.

'뭔가 말투가 이상한데?'

그러고 보니 소림사에서 장건을 찾는 데 소림소마라 부를 리가 없잖은가?

그것을 깨달은 순간 자호는 갑자기 공중으로 들려졌다.

뒷목이 무언가로 꾹 조여진다 싶더니 팔다리에서 감각이 사라졌다.

"컥!"

자호는 창졸간에 대롱대롱 허공에 매달리게 되었다.

승려가 물었다.

"이미 한 번을 물었느니라. 내게 두 번 묻게 하지 말거라. 소림소마는 어디에 있느냐?"

"저, 그러니까 그게……."

자호는 승려의 눈을 쳐다보았다. 빠직, 하고 눈 안에서 시퍼런 불길이 튀고 있었다.

"허억!"

소름이 쭉 끼쳤다.

"팔 하나를 가져가야 말을 듣겠느냐?"

기겁한 자호가 급하게 대답했다.

"이 앞쪽으로 쭉 가시다 보면 갈림길이 나오는데 거기서 좌측으로 삼사 리쯤 가시면 우측에 붉은 소나무가 있습니다. 거기서 수풀 안쪽으로 조금만 들어가시면 거기 공터에……."

공터에서 만나기로 했다고 말을 마치기도 전에 자호는 공중을 날았다.

쿠당탕탕!

자호의 몸뚱이가 노점의 집기를 박살 내며 바닥에 처박혔다. 그러곤 등줄기에 전해지는 저릿하고 어마어마한 충격에 순식간에 기절해 버렸다.

파칫, 파칫.

곤두 선 머리카락에선 자그마한 불꽃이 튀고 자호의 몸은 연신 경련을 일으켜댔다.

승려는 자호에게 눈길도 주지 않고 살기어린 목소리로 혼잣말을 내뱉었다.

"소림소마가 호락호락한 놈은 아닌가 보구나. 그러나 발버둥치면 칠수록 네 스스로 고통을 자초할 뿐이니라."

붉은 가사의 승려.

그는 바로 서장 뇌음사에서 온 발사라였다.

*   *   *

뇌음사는 본래 감숙 서쪽 명사산(鳴砂山)에 자리하고 있던 서장 밀교의 한 종파였다.

교리로 금강승(金剛乘)을 따르긴 하나 인육을 먹는다거나 피를 즐기는 사교(邪敎)는 아니었다. 하나 뇌음사의 인근 산중에서 수없이 토막 난 사람의 시체와 뼈가 발견되고 멀쩡한 사람을 벼락에 맞아 타죽게 하여 천고뇌음여래(天鼓雷音如來)에게 제물로 바치는 행위 등이 목격되었다는 말이 알려지면서 방문좌도(傍門左道)의 마교로 여겨지고 있었다.

그러다가 강호 무림이 천하오절과 우내십존을 거치며 사상 유래 없는 전성기를 맞이하자, 통칭 '마교 토벌'의 대상이 되어 서장의 가장 높은 곳, 납목조라는 호수까지 쫓겨나고 말았다.

때문에 강호 무림에 대한 뇌음사의 적개심은 극에 달한 상태였다.

이런 때에 북해빙궁에서 제안을 해 왔다.

자신들을 도우면 본래의 명사산으로 뇌음사를 돌려놓겠노라고.

강호 무림을 혼란에 빠뜨려 주겠노라고.

뇌음사로서는 거부하기 어려운 유혹임에 분명했다.

하나 뇌음사는 북해빙궁이 던져 주는 작은 땅덩어리에 만족할 정도로 원한이 얕지 않았다. 이제까지 와신상담하여 복수심을 키우면서 근 수백 년 이내에 최고의 고수로 꼽힐만한 발사라를 배출해냈다. 그만큼 충분한 무력을 길러 왔다.

지금 뇌음사에 필요한 것은 명사산에 사찰을 세울 땅도 아니고, 강호 무림의 혼란도 아니었다.

복수였다.

강호 무림을 피로 적실 복수!

하지만 정작 북해빙궁은 강호 무림을 파멸시킬 생각까지

는 없었으므로, 뇌음사가 북해빙궁을 따르면 영원히 원한을 갚지 못할 수도 있었다. 고민하던 뇌음사는 마침 북해빙궁이 한 명의 소림사 제자에게 쩔쩔매고 있다는 정보를 입수했다.

만일 소림소마 장건을 손아귀에 넣을 수 있다면 북해빙궁의 약점을 쥘 수 있게 된다는 걸 알게 된 것이다. 소림소마를 통해 오히려 뇌음사가 북해빙궁을 조종하여 뜻한 바대로 강호 무림을 시산혈해(屍山血海)의 지옥으로 만들 수도 있게 된다는 뜻이다.

하여 뇌음사는 북해빙궁의 제안을 따르는 척하면서 발사라로 하여금 그 한 명의 소림사 제자인 소림소마 장건을 찾게 하였다.

그래서 지금 발사라가 서가촌에 도착해 있는 것이다.

뇌음사 최고의 고수에게 주어지는 명호 발사라.

그 발사라로 불리는 라마승 융포납강이 비에 젖어 피에 물든 것처럼 보이는 가사를 두른 채 달리고 있었다.

으드득.

융포납강이 이를 갈았다.

"위대한 스승이시여! 이제 제가 당신의 원한을 갚을 수 있는 첫 발을 내딛게 되었나이다!"

융포납강의 눈빛에 짙은 살기가 흘렀다.

뇌음사의 라마승들 중에서도 유독 융포납강은 강호 무림에 대한 적개심이 강했다.

예전에 그가 모시던 대라마는 정파의 명숙에게 죽임을 당했다. 대라마 또한 수많은 정파 무인들의 목숨을 빼앗았으므로 단순히 그것뿐이었다면 지금처럼 강한 증오를 갖게 되지는 않았을 터였다.

그러나 무례한 정파인들은 싸움이 끝나자 대라마의 시신을 화장해 버렸다.

시신을 토막 내어 독수리의 먹이로 주는 천장(天葬)을 하지 않고 대라마를 한 줌 잿더미로 만들어 버린 것이다.

살점을 쪼아 먹히는 과정을 통해 이승의 굴레에서 벗어나 무한히 자유로워졌어야 할 대라마의 거룩한 혼령이 화마(火魔)속에서 영겁의 고통을 받게 되고 말았다!

이후 융포납강은 대라마를 위한 복수와 강호 무림에 대한 분노를 원동력으로 뇌가기공(雷家氣功)의 최고 단계를 견뎌내고 뇌음사 최고의 고수가 되었다.

휙! 휙!

융포납강은 최대의 경공으로 달리며 번개처럼 질주했다. 평화로워 보이는 서가촌의 전경을 눈 깜짝할 사이에 흘려보내고 순식간에 자호가 알려준 곳, 소림소마가 있다는 공터 앞 수풀까지 도달했다.

키 높은 나무와 수풀이 담장처럼 공터를 가리고 있었다. 그 나무와 수풀로 이루어진 담장을 융포납강은 씹어 삼킬 듯 노려보았다.

분노 가득한 얼굴에 잔인한 미소가 맺혔다.

"이곳에 있는가, 소림소마여?"

융포납강은 질주를 멈추지 않고 달리던 그대로 우수(右手)에 공력을 모았다. 푸르스름한 강기가 맺혔다.

앞쪽에서 몇몇의 인기척이 느껴졌으나 융포납강은 자신의 상대가 아니라고 판단했다. 그 수가 몇인지 정확히 가늠하기도 전에 융포납강은 앞을 가로막은 커다란 노송을 가격했다.

"가랏!"

우지직!

노송이 가운데 줄기에서부터 비틀어지기 시작했다. 그러더니 누군가 잡아 뜯은 것처럼 위아래로 갈래갈래 찢겨져 나가기 시작했다.

쫘악!

단단한 껍질들이 튀어 나가고 나무 조각이 비산했다. 마구 뜯긴 실타래처럼 노송의 속살이 잔해를 토했고, 노송은 수직으로 반이 갈린 채 좌우로 찢겨 넘어갔다.

쿠우우우웅.

그 사이를 융포납강이 유유히 통과해 지나갔다.

수백 년은 족히 묵은 노송을 갈가리 찢어버린 융포납강은 탁 트인 공터로 한 발을 내딛자마자 공력을 담아 외쳤다.

"나오라, 소림소마여! 나는 너를 제물로 삼아 이 강호 무림을 위대하신 대라마의 영전에 바칠 것이니라!"

그 순간 공터에 둥글게 모여 있던 백여 명에 가까운 무인들—장로들과 최고수, 문하 제자들—이 동시에 융포납강을 쳐다보았다.

"……."

"……?"

침묵이 공터를 휘감았다.

그러다가 긴 쇠낚싯대를 어깨에 진 노인, 황보가의 악조수(惡釣叟) 황보성이 융포납강을 보고 어이가 없다는 듯 말을 내뱉었다.

"뭐야, 저건?"

*　　*　　*

융포납강은 지금의 상황을 이해하려 애썼다.

인기척을 느끼긴 했지만 대수롭진 않았다.

그런데 이게 웬걸?

막상 들어와 보니 제법 많은 수십의 고수들이 기척을 숨긴 채 즐비하게 모여 있지 않은가!

그중 십수 명은 자신에 거의 버금가는 고수들이었다!

아무리 생각해도 강호 무림에 이만한 고수들이 흔할 리 없다.

그런 고수들이 한 자리에 모여서 자신을 기다리고 있다면?

순간 아차 싶었다.

"함정이군."

융포납강은 이를 갈았다.

싸우는 건 두렵지 않았으나 함정에 빠져 일을 그르친 것에 대해선 통탄스러웠다

"어떻게 내가 오는 것을……."

설마하니 북해빙궁이?

뇌음사의 계획을 미리 읽고 강호 무림에 알려준 것일까?

그렇지 않고선 이만한 고수들이 한 자리에 모일 리 없지 않은가. 북해빙궁으로서는 자신들의 약점을 뇌음사에 빼앗기느니 차라리 융포납강을 희생양으로 던져 주려 했는지도 모른다. 북해빙궁이라면 충분히 그리고도 남을 만하다.

융포납강은 치를 떨었다.

처음엔 기척도 없이 존재감을 감추었던 자들이 서서히 공력을 일으키고 있었다. 동시에 하나나 둘은 해 볼 만하고, 무리해도 넷 다섯까지라면 어떻게 되겠는데 그런 자들이 십수 명이 넘는다.

섬뜩하게 솜털이 곤두섰다.

"나 하나를 잡기 위해 많이도 동원했구나. 이놈들······."

융포납강의 정갈한 민머리에 시퍼런 힘줄들이 돋아났다.

쿠 웅!

융포납강은 공력을 끌어올려 진각을 밟으며 상의의 가사를 젖혔다.

단단한 근육질의 상체에는 믿기 어려울 정도로 빼곡하게 붉은 무늬가 그려져 있었다. 융성한 꽃을 피운 매화 같았다. 그 무늬가 온통 갈래진 모양으로 상체를 뒤덮고 있어 징그러웠다.

뇌화문(雷花紋)이다.

뇌화문은 일명 벼락을 맞은 흔적이라고도 하는데, 벼락이 몸을 타고 흐른 방향을 따라 핏줄이 타버려 외부에 문신처럼 드러난 무늬를 말한다. 굵은 핏줄의 가지에 가느다란 실핏줄들이 달려 있는 모양새가 꽃이 핀 것과 같아 뇌화문이라 부른다.

한데 융포납강의 뇌화문은 상체 전체에 아울러 있다. 벼락을 맞은 게 우연이 아니라 공력의 수련법에 따라 의도적으로 행한 일이기 때문이다.

융포납강은 뇌화문이 가득한 상체를 보란 듯 드러내며 손으로 항마촉지인(降魔觸地印)의 수인을 취했다.

"남막 삼만다 붓다남(南莫 三滿多 沒䭾南)."

진언을 왼 융포납강의 눈에서 번쩍거리며 뇌전의 조각이 일었다.

이어 융포납강이 단전에서부터 끓어오른 거대한 울림을 토해 냈다.

"모두 덤비거라—!"

     * * *

최고수들의 입장에서도 갑자기 나타난 불청객의 모습에 당황스럽기는 마찬가지였다.

누군가 오는 건 알았지만 그게 장건이 아닐 줄은 몰랐다.

"뭐야, 저건?"

황보가의 독문 무공인 천왕칠반검법(天王七盤劍法)을 쇠로 만든 낚싯대로 펼쳐 스스로의 독특한 조법(釣法)을 완성한 황보성이 내뱉은 말이다.

당황했던 것도 잠시.

이내 최고수들은 불청객의 면모를 파악해냈다.

"서장 승려로군."

한 장로가 중얼거렸다. 강호에서 흔히 볼 수 없는 독특한 붉은 가사이니 모를 수가 없었다.

하지만 느껴지는 기운, 그리고 아름드리 노송을 실타래처럼 찢어버린 가공할 공력은 그가 평범한 승려가 아니라는 걸 알려주고 있었다.

그의 몸에 드러난 수많은 문신들을 보고 젊은 제자들이 주춤거렸다.

"저, 저게 뭐지요?"

나이가 제법 지긋한 남궁가의 창천이로 중 강노가 감탄성을 내며 젊은 제자들에게 설명하듯 말했다.

"뇌화문이다. 번개를 맞고 살아난 자들에게 나타나는 흔적이라 하지. 하지만 저렇듯 심한 경우는 많지 않다."

만노가 뒷말을 이었다.

"저건 분명히 뇌가기공을 수련한 흔적일 게야."

청성파의 운일도장도 한 마디를 거들었다.

"뇌가기공은, 대성하기 위해서 운공 중에 벼락을 몸으로 받아내고 뇌전의 기운을 몸으로 갈무리해야 하는 극악의 무공이다. 어찌나 지독한 무공인지 백 명 중에 단 한 명만

이 대성에 이른다고 한다."

젊은 제자들 중 한 명이 물었다.

"나머지는…… 요?"

"구십 명은 새까맣게 탄 재가 되고 아홉 명은 운이 좋아 살아남는다 해도 장님이 되거나 팔다리를 못 쓰는 불구가 된다지."

광동 진가의 청면도객이 말했다.

"하지만 살아남게 되면 저렇게 전신에 뇌화문의 흉터가 남으면서 이전과는 비할 바 없는 강대한 육체와 함께 뇌전의 힘을 자유로이 다룰 수 있게 된다고 하오."

공동파의 고릉도 끼어들었다.

"들은 적이 있소. 천고뇌음여래가 다스리는 뇌전의 힘을 빌린 흔적이라 하여 뇌화문을 따로 뇌인(雷印)이라 부르는 라마승들이 있다는 걸. 그러니까 저자는 전신에 뇌인을 새긴, 한 마디로 그 극악하다는 뇌가기공을 극대성한 자인 것이오. 상상도 못할 고수이겠지."

"결론을 내자면……."

형산파의 북무선생이 짧게 말했다.

"혈라마."

혈라마는 서장의 승려들 중에서도 잔혹한 교리의 밀법(密法)을 따르는 이들을 통칭했다. 수가 소수에 불과하나

손 씀씀이가 악독하고 무공이 높아서 나타날 때마다 강호에 피를 불렀다. 하여 한때는 공포의 대상으로 여겨진 적도 있었다.

하나 천하오절에서 우내십존을 거치는 동안 대부분 쫓겨나거나 추살되어 현재는 있는지 없는지조차 모를 정도로 희미하게 잊힌 존재들이었다. 실제로 지금 젊은 제자들 중 일부는 혈라마라는 말을 듣고서도 어리바리하는 이들이 있었다.

점창파의 장안대호가 북무선생의 말을 받았다.

"뇌가기공을 익힌 혈라마라면……."

전진파의 죽림옹이 툭 던지듯 답했다.

"뇌음사."

무영문의 화룡소 반오가 다시 그 말을 받았다.

"마교."

단목가의 석랑자가 반오의 말을 되풀이했다.

"마교의 절대 고수."

최고수들이 짐짓 서로를 쳐다보았다.

무언가 망설이는 듯, 혹은 긴장한 듯한 기색처럼 보였는데…….

장안대호의 얼굴이 일그러지며 입술이 비틀어졌다.

태청진인의 얼굴도 씰룩거렸고, 벽력도의 뺨도 연신 파

르르 떨었다.

그들뿐 아니라 다른 최고수들 역시 마찬가지였다. 심지어는 몇몇 장로들마저도 좀 전과 다른 조급한 표정이 되어 있었다.

그것은 마치 무언가를 억지로 참고 있는 듯했다.

왠지 모르게 폭발하기 일보 직전의 안절부절못한 그런 상태.

그러다가 어느 순간, 아무 말 없이 지켜보고 있던 산산노사의 눈빛이 갑자기 번들거렸다.

돌연 산산노사가 힘차게 땅을 박차며 뛰쳐나갔다.

"으하하하! 마교다, 마교! 마교야, 마교! 이게 얼마 만에 보는 마교냐!"

*　　*　　*

장건은 다관에 들러 미리 작성해 둔 각서를 몽땅 다 챙겼다.

공터로 걸어가는 길에 각서를 품에 넣고선 튀어나온 가슴 부위를 툭툭 쳤다.

문득 의문이 들었다.

"이게 잘하는 짓인지 모르겠네."

한 두 명도 아니고 수십 명을 상대로 싸움을 걸러 나가는 길이었다. 애써 담담하려 애쓰고 있지만 떨리지 않는다고 하면 거짓말일 터였다.

하지만 이내 장건은 고개를 힘껏 저었다.

"아냐. 잘 된 거야. 제일 고수분들이 왔다니까 그 사람들에게 각서를 받으면 더 이상 받을 필요가 없잖아. 그리고 지금 해결하지 못하면 마을 분들과 촌장님이 더 고생하실 거고."

물론 네 소저들의 장사에도 심각한 영향이 있어서 이기도 하다.

하지만 무엇보다도 장건은 자신의 불편한 마음을 진정시키고 싶었다. 그게 조언이든 혹은 싸움이든 뭐든 해야 막힌 속이 풀릴 것 같았다.

그러니까 장건은 어쩔 수가 없었다. 지금이 아니면 안 되는 것이다.

장건은 심호흡을 하고 다시 굳게 마음을 먹었다.

"휴."

숨을 뱉은 장건이 다시 걸음을 재촉하려는 때였다.

쾅!

갑자기 벼락 치는 듯한 소리가 울렸다.

"뭐지?"

어두워도 비가 오는 건 아니었다. 장건이 잠시 어리둥절해 있는데 소란스러운 소리들이 연이어 들려왔다.

쿵쾅거리는 소리와 고함 소리가 예사롭지 않았다.

장건은 혹시나 괜한 일에 끼어드는 게 아닐까 싶어 잠시 몸을 피할까도 생각해 보았으나, 곧 이어 들려오는 소리들은 굳이 장건이 피할 계제가 아니라는 걸 알려주고 있었다.

"네 이놈, 거기 서렸다!"

"정정당당하게 싸우지 못하고 몸을 내빼다니! 혈라마답지 않구나!"

"마음껏 칼질을 해볼까 했더니 달음박질만 하잖으냐. 이리 와서 순순히 싸우거라!"

말소리가 점점 다가오고 있었다.

"순순히 싸우거라?"

뭔가 이상한 말들이었다.

장건은 근처에 빈 가게 지붕 위로 올라갔다.

잠시 후 멀찍이서 한 무리의 사람들이 우르르 한 사람을 쫓는 모습이 보였다.

달아나는 사람은 스님인 듯 빡빡머리에 희한한 가사를 입었고 뒤를 쫓는 이들은 다름 아닌 서가촌으로 온 최고수들이었다.

"어허, 저놈은 내 것이오. 좀 뒤로 물러나시오."

"잡은 놈이 임자지, 네 것 내 것이 어디 있소이까."

시끄럽게 떠드는 소리는 고수들이 외치는 소리였다.

"혈라마가 마을 밖으로 달아나지 못하게 해라!"

"포위망을 더 넓혀!"

"거 위험하니까 어린애들은 좀 물러나게 하시오."

그들뿐 아니라 장로들과 젊은 제자들도 추격전에 동참하고 있는 듯 보였다.

"도대체 무슨 일이지?"

장건은 누구에게 물어볼 사람도 없고, 전후 사정을 알지 못한 채 함부로 끼기도 어려워 그저 상황을 지켜볼 수밖에 없었다.

*   *   *

융포납강은 조금 당황한 기색이었다.

다 덤비라고 했더니 정말 다 덤볐다.

그것도 눈을 까뒤집고 환장해서!

달아나지 않고 정면으로 싸웠다면 몇몇은 새까맣게 그을린 고깃덩이로 만들 자신이 있었다. 정말로 진지하게 싸움이 시작되었다면 융포납강은 분명 그리했을 터였다.

하나 어쩐지 미친놈들 같아서 꺼려졌다. 미친놈들을 상대로 진지하게 싸우다가 복수도 하지 못하고 허무하게 죽을 순 없는 노릇이었다.

뒤쫓던 최고수들이 소리쳤다.

"뭘 하던 놈인지는 알고 죽여야 하니까 도망만 가지 말고 뛰면서 자기소개라도 하면 안 될까?"

"이놈, 마신권 십이 성을 사람이 맞으면 어떻게 되는지 궁금하니까 거기 좀 서 보거라!"

"허, 나도 오호단문도를 대성한 후로 제대로 써 본 적이 없는데 어디 마신권 따위를…… 그러지 말고 양보해 주게나."

융포납강은 어이가 없었다.

오래 고민하지 않고 융포납강은 몸을 피하는 쪽을 선택했다.

그렇다고 마냥 도망만 다니는 건 아니었다.

"흠(吽)!"

달리다 말고 융포납강이 몸을 돌리며 합장하듯 가슴에 손을 모았다.

그러곤 몸을 낮추어 힘껏 쌍장을 뻗었다. 가장 가까이 융포납강을 뒤쫓던 운일도장과 백무이고에게 기습적으로 장력을 쏟아냈다.

운일도장과 백무이고가 자리에 멈춰 서서 공력을 끌어올리며 검을 치켜세웠다.

그런데 그 앞을 불쑥 튀어나온 단목가의 석랑자가 가로막았다.

퍼퍼펑!

마보의 자세로 양손바닥을 앞으로 내밀어 똑같이 장력을 받아낸 석랑자가 거의 십여 걸음이나 밀려났다.

"크윽!"

제대로 공력을 끌어올려 대항한 게 아닌 터라 내상을 입었는지 입가에 핏기가 맺혔다. 하지만 입가에는 핏기 말고 웃음기도 있었다.

"이게 뇌가기공의 맛이군. 저릿저릿해."

운일도장과 백무이고가 석랑자를 보면서 화를 냈다.

"무슨 짓이오!"

"아! 뇌가기공을 소청심공으로 상대해 볼 좋은 기회였는데."

융포납강은 치가 다 떨렸다.

"미친놈들."

자신의 장풍을 서로 받겠다고 난리라니!

"건방지게 본납을 시험해? 그렇다면 이 뇌음장도 받아보거라!"

최고수들이 외쳤다.

"뇌음장이래!"

"몇 성이야, 몇 성?"

융포납강은 더 화가 난 얼굴로 공력을 끌어올렸다. 좀 전에는 견제의 성격이 강했으나 이번엔 아니다.

지지직.

가슴 앞에서 합장하듯 붙였던 손바닥을 떼자 시퍼런 뇌전 조각들이 튀었다.

"아사파야 차야갈가(阿舍婆夜 車夜喝訶)……."

전격을 상징하는 진언을 외면서 융포납강이 팔 성의 공력을 담아 쌍장을 뻗었다.

"죽어라!"

우르릉!

벼락치는 소리가 나며 양손에서 어마어마한 장력이 쏘아졌다.

운일도장과 백무이고가 자세를 정비하며 장력을 마주하려는가 싶었는데, 그 순간.

"으랏차!"

운일도장과 백무이고는 더 볼 것도 없다는 듯 좌우로 몸을 날렸다. 뒤따르던 최고수들도 물길이 열린 것처럼 양옆으로 갈라졌다.

덕분에 뇌음장은 애먼 민가를 타격했다.

콰콰쾅!

일 층은 건초 등을 쌓아둬 헛간으로 쓰고 이 층을 주거로 쓰는 목루(木樓) 형태의 민가가 말 그대로 폭삭 무너져 내렸다. 사람이 살지 않은지 오래된 민가였다.

"……."

융포납강은 말을 잃었다.

"왜, 왜……."

왜 피하냐는 말이 목까지 차올랐으나 차마 말로 내뱉진 않았다.

운일도장은 융포납강이 무슨 말을 하려는지 알고 있었다는 것처럼 혀를 찼다.

"쯧쯧쯧."

백무이고가 한 마디 했다.

"멍청하긴, 받을 게 따로 있지."

융포납강은 울컥했다.

하지만 분노를 표출할 기회가 없었다.

하늘에서 한 줄기의 도광(刀光)이 번뜩이고 있었다.

"받아라!"

무려 다섯 자가 넘는 길이의 도기가 융포납강을 반으로

쪼개려 미간으로 떨어졌다.

　융포납강은 급히 웅크리며 땅을 빗겨 차고 옆으로 몸을 날렸다.

　와— 자작!

　장사를 접어 방치되어 있던 길가의 다관 하나가 기둥부터 현판, 벽면까지 통으로 잘려나갔다.

　허공으로 뛰어올라 태산압정으로 일격을 가했던 팽가의 벽력도가 땅에 착지하며 아쉬워했다.

　"쳇, 그걸 안 받고 피하누만. 역시 비열한 마교 놈다워."

　융포납강은 기가 막혀 '흐흐흐' 하고 웃었다.

　'너희도 방금 본납의 뇌음장을 피했잖으냐!' 라고 따지고 싶어도 어쩐지 그것조차 우스운 노릇이었다.

　그때.

　찌익, 찍!

　철판을 긁는 것처럼 껄끄러운 소리가 나며 매서운 위협이 느껴졌다.

　융포납강은 팔을 앞으로 모으고 허리를 뒤로 빼 몸을 보호했다.

　터텅!

　융포납강의 양 팔뚝에 지풍이 부딪쳐 튕겼다. 튕긴 지풍이 하나는 땅바닥을 깊숙이 뚫고 들어갔고 다른 하나는 멀리 날아가 멀쩡한 전각에 구멍을 냈다.

단순한 지풍이 아니라 공동파의 절기로 꼽히는 육음지공이었다.

공력이 덧대어져 단단해진 융포납강의 팔뚝이 부르르 떨렸다. 둥그런 붉은 자국 두 개가 팔뚝에 남았다. 육음지공의 지력은 정확히 융포납강의 눈을 노리고 있었다.

"크음……."

융포납강은 얼얼해진 팔을 안고 발을 박차 지붕 위로 뛰어 올라 몸을 피했다.

멀찍이 담벼락 위에서 지풍을 날렸던 공동파의 고릉이 손가락을 거두며 코웃음을 쳤다.

"흥."

옆 누각의 이 층 난간에서 담벼락 위에 있는 고릉의 바로 옆으로 뛰어내린 악조수 황보성이 낄낄대고 웃었다.

"공동의 육음지로로는 흠집 하나 못 내는 걸?"

"남 하는 일 신경 쓰지 말고 당신 낚시나 잘 해 보시게."

"그러려니까 머리 좀 숙여달라고."

황보성이 긴 낚싯대를 머리 위에서 크게 돌렸다.

"내가 왜 악조수라 불리느냐면, 이렇게 악한들을 낚아채기 때문이다!"

부웅, 부웅!

황보성이 손목을 튕기며 앞으로 낚싯대를 쭉 뻗는가 싶더니 낚싯대의 끝에서부터 호선을 그리며 낚싯줄의 선이 그려졌다.

쉬이익!

막 달아나고 있는 융포납강의 등을 낚시 바늘이 꿰는가 싶었다. 분명히 박히는가 했는데 순간 융포납강의 등 근육이 뚜렷한 주름이 생길 정도로 오그라들었다.

따앙!

쇠그릇끼리 부딪치는 소리가 나며 황보성의 낚싯바늘이 튕겨 나가 옆 지붕의 기와에 꽂혔다.

쿠르릉!

공력이 담긴 바늘에 기왓장이 왕창 박살 나며 지붕 아래로 떨어졌다.

황보성이 '허' 하고 기가 찬 소리를 냈다.

"몸뚱이가 단단하긴 엄청 단단하구먼. 한 치 두께의 철판도 뚫어버리는 바늘이건만."

육망지 고릉이 피식 웃었다.

"그럼 더 잘 됐잖은가? 마음껏 기운을 써도 되니까."

황보성도 히죽 웃었다.

"그건 그렇군."

고릉이나 황보성이나 자신의 힘을 십 할로 써 본 적이 없었다. 이곳에 온 대부분의 최고수들이 그러하듯 함부로 싸울 수 있는 처지가 아닌 탓이었다.

문파 내에서는 전심전력을 다할 상대가 없었다. 악적이나 마두도 아니고 같은 문파의 일원에게 그랬다가 죽거나 병신이 되면 무슨 수로 비난을 감당하겠는가.

그런데 지금은 그래도 되는, 좀 심하게 해서 피떡을 만들어도 되는 마두가 눈앞에 있는 것이다.

한 눈에도 실력 가늠이 안 되는 절정 고수다. 그것도 일대 일로는 승부를 자신할 수 없는 절대 고수.

하지만 최고수들은 혼자가 아니었다. 그냥 일류 고수도 아니고 거대 문파의 최고 절정 고수들이 모여 있었다. 누군가 마교의 고수에게 당하는 걸 빤히 지켜보고 있진 않을 터였다.

마음껏 싸워도 최소한의 안전은 보장받는다.

그러니 이 순간 혈라마는 그야말로 모든 무공을 실험삼아 써 볼 기회를 보장하는 고마운 존재일 따름이었다.

제5장

서가촌 멸망

우르릉 꽝꽝!

마른하늘에 천둥이 치고 있었다.

그러나 그건 하늘에서 생겨난 천둥이 아니라 서가촌에서 울리는 소리였다.

쿵쾅, 와르르르르.

폭발하고 무너지고.

강호 최고의 무인들이 있는 힘껏 뿜어내는 강력한 공격에 서가촌의 곳곳이 부서지고 있었다.

장풍이 빗나갈 때마다 민가의 담벼락이 박살 나고 권경이 폭사될 때마다 다관과 점포의 기둥이 쓰러졌다. 검기는 나무를 베어 쓰러뜨리고 도기는 논밭을 파괴시켰다. 묵직한 진각은 땅을 뭉개고 작물들을 뒤집어엎었다.

서가촌이 파괴되고 있었다. 그야말로 때려 부순다고 밖에 표현할 길이 없는…….

장건은 눈앞에서 벌어지는 참혹한 광경에 말을 잃었다.

무슨 말을 해야 할지, 어떤 감상을 표현해야 할지 감이 오지 않았다.

그저 끔찍하기만 했다.

"……왜?"

머리가 다 어질거렸다.

내로라하는 고수들은 워낙 강한 힘을 지니고 있으니까 조금만 실수해도 주변에 피해를 입히게 된다. 사람인 이상 실수는 어쩔 수 없는 일이다. 그 정도는 장건도 충분히 납득할 수 있다. 장건 스스로도 몇 번이나 주변의 기물들을 박살 낸 적이 있으니까.

하지만.

그건 어디까지나 실수일 때 만이다.

실수하지 않기 위해서 조심하고 주의하고, 그러다가도 안 되는 불가피한 경우에 한해서다.

지금은?

장건은 자신의 눈을 믿을 수가 없다.

"하하하!"

"받아라, 이놈!"

들려오는 웃음소리.

"즐거워하고 있어……?"

최고수들은 기쁜 듯 웃고 있었다. 신이 난 것처럼 보이기도 했다.

무공을 마음껏 쓰면 후련하고 통쾌한 건 사실이었다.

그러나 누군가를 잡기 위해 뒤쫓는 이들이, 달아나는 자를 잡기 위한 노력보다도 주변을 때려 부수는 데서 희열을 느낀다면 안 될 일이다. 그건 주객이 전도된 일이다.

최고수들은 자신의 힘을 과시하기 위해서인지 필요 이상으로 파괴를 일으키고 있었다. 그것은 분명 그들 자신의 것도 아니고 남의 재산이며 타인의 소유물이었다.

그런데도 아무런 거리낌이 없었다.

정말로 파괴와 폭력이 무림인들의 본성인 걸까?

툭.

뿌리째 뒤집혀 흙과 함께 하늘 높이 치솟았던 벼 한 포기가 장건의 발치까지 날아왔다.

장건은 가만히 발치에 널브러진 벼를 내려다보았다.

장건이 수련생들과 심었던 논의 벼였다.

찢겨진 볏잎이 장건의 현 상태를 상징하는 듯했다.

"어째서……."
장건의.
평온한 일상이.
힘들게 찾아온 평화가.
한순간에 무너지고 있었다…….
장건이 서가촌에 와 이루고 생겨났던 모든 것들이 사라지고 있었다.
"무림인……."
널브러진 벼를 주워들고 조용히 되뇌었다.
"정말 싫다."
장건은 우울한 얼굴로 길게 한숨을 내쉬었다…….

*   *   *

곤륜파의 태청진인이 소리쳤다.
"놈이 더 이상 달아나지 못하도록 막아라!"
그때까지 한 발짝 물러서 있던 다른 문파의 장로와 제자들이 한 손이나마 거들려고 앞으로 나섰다. 곤륜파 소속은 아니었으나 그래야 한다는 걸 무의식적으로 알고 있기 때문이었다. 싸울 땐 싸우더라도 마교의 고수를 처리하는 게 최우선이었다.

장로와 제자들은 제법 일사불란하게 융포납강의 퇴로를 차단하고 주요 전각의 지붕을 점했다.

"어딜 달아나려고!"

형산파의 장로 흑풍객 변인은 융포납강이 지붕 위를 달리며 자신 쪽으로 다가오자 일갈하며 공력을 모았다.

변인은 일전에 장건에게 큰 창피를 당한 적이 있어서 이번을 명예 회복의 기회로 삼으려 단단히 벼르고 있었다. 하여 융포납강의 정면을 가로막으며 대뜸 삼안 오공권을 펼쳤다.

변인이 뻗은 수많은 주먹의 그림자가 융포납강을 뒤덮었다. 융포납강은 눈 하나 깜짝하지 않고 곧장 변인에게 달려들었다.

퍼퍼퍽!

융포납강은 전면의 취약한 부분만 팔뚝으로 막아 내고 나머지는 몸으로 받았다.

어깨와 가슴, 복부에 몇 번이나 변인의 삼안 오공권이 꽂혔다. 붉은 가사가 권경에 찢겨 나가 너덜너덜해졌다.

하지만 얼굴을 찡그린 쪽은 변인이었다.

"크윽!"

압도적인 공력 차 때문인지 융포납강의 호신기에 부딪치고, 반탄력에 주먹이 얼얼했다. 거기다 기묘한 공력의 기운이 변인을 곤혹에 빠뜨렸다.

'뭐, 뭐지. 이 찌릿거리는 느낌은?'

가격할 때마다 주먹이 저릿하더니 양팔에 경직이 왔다.

융포납강은 변인의 상태를 예측한 것처럼 거침없이 주먹질을 했다.

뇌력(雷力)의 권(拳)!

변인은 가슴으로 파고드는 융포납강의 가공할 권경에 솜털이 곤두섰다. 급히 입술을 깨물어 피를 내자 겨우 팔의 경직이 풀렸다. 공력을 그러모은 변인이 가슴을 내밀며 양팔을 좌우로 쭉 펼쳤다가 손을 펼쳐 손가락을 가지런히 모았다. 송곳처럼 손가락 끝을 뾰족하게 모은 후 다가오는 융포납강의 양쪽 관자놀이를 찍었다.

오공설연정(蜈蚣齧燃鼎)!

거대한 지네가 불타오르는 무쇠솥을 틀어무는 모양새의 초식이었다.

생사의 기로에서 사용하기 위해 숨겨둔 비장의 한 수다. 살기가 가득한 수법이라 장건과의 비무에서는 사용하지 않았으나 지금 같은 때라면 사정이 다르다.

변인은 가슴으로 쏟아지는 뇌력권을 피하지 않았다.

'내가 더 빠르다!'

뒤늦게 펼친 오공설연정이 융포납강의 뇌력권보다 빨랐

다.

　오공설연정의 폭발적인 속도는 심지어 변인의 어깨가 탈구될 정도인 것이다!

　변인은 중상을 각오하고서라도 융포납강의 목숨을 취하려는 생각이었다.

　"놈!"

　철사장의 수련법으로 단련한 손끝. 공력이 집중된 변인의 중지는 벌겋게 부어올랐다. 양손의 중지가 융포납강의 좌우측 관자놀이를 동시에 파고들었다.

　푸욱! 하고 거의 반 치 정도나 중지가 박혔다.

　'됐다!'

　이대로 머리통을 부숴 버리려 변인이 속으로 쾌재를 부른 찰나, 손가락이 부러졌다. 머리뼈를 뚫지 못한 것이다.

　우드득!

　부러진 통증에 비명을 지를 사이도 없이 융포납강의 뇌력을 담은 권경이 변인의 가슴을 강타했다.

　"크헉!"

　와작! 늑골이 부러지며 가슴이 함몰되었다. 뇌력권을 맞은 부위가 지직하고 까맣게 탔다.

　하지만 아직 융포납강의 권경은 멈추지 않았다. 그대로 심장까지 꿰뚫어 버릴 듯한 기세였다.

다행히도 변인은 혼자가 아니었다. 융포납강이 달아나다 말고 변인을 공격하려 잠깐 멈춘 그 순간은 뒤쫓던 최고수들이 어김없이 일 초식을 날리기에 충분한 시간이었다.

"조심하게!"

융포납강의 등에 산동악가의 산산노사가 던진 주판알이 암기처럼 날아가 박혔다.

파바박!

잠깐 박히는가 싶던 주판알이 융포납강의 포효와 함께 튕겨 나갔다.

"오오오!"

그 덕에 변인은 겨우 뒤로 몸을 빼내었다. 지붕 아래로 떨어지는 변인을 젊은 제자들이 달려가 받았다.

"쿨럭!"

변인은 연신 피를 토해냈지만 목숨만은 부지할 수 있었다. 다행히도 뇌력이 담긴 경력이 심장까지 도달하진 않았다.

융포납강이 아주 잠시간 변인을 내려다보았다. 변인은 융포납강과 눈이 마주치자 목덜미가 서늘해졌다. 최고의 절기를 펼쳤지만 일초지적의 상대도 되지 않을 정도로 무시무시한 강자다.

"여기도 있다!"

한달음에 지붕에 뛰어오른 석랑자가 크게 외치면서 융포납강의 목을 긁었다.

융포납강이 허리를 젖혀 피했다.

콰자작!

지붕의 기와가 박살 나며 세 줄로 길게 패인 흔적이 남았다. 석랑자의 손에는 짐승의 발톱처럼 생겨 칼날이 세 개나 붙은 철조(鐵爪)가 들려 있었다. 한 쌍의 철조를 자유로이 다루는 이괘조법(二罫爪法)이 바로 석랑자가 자랑하는 일절이다.

석랑자는 나이에 걸맞지 않게 유연한 몸놀림으로 허리를 틀었다. 왼쪽 허벅지 뒤에서부터 세 개의 칼날이 솟구쳐 위에서 아래로 사선을 그리며 융포납강의 가슴을 긁는다. 융포납강이 제자리에서 빙글 돌면서 아슬아슬하게 칼날을 비껴냈다.

콰드득!

긁힌 기와가 몇 조각으로 잘리면서 사방으로 튀었다. 석랑자는 쉬지 않고 순식간에 몸을 비틀면서 세 번을 더 할퀴었다.

허공에 격자무늬의 궤적이 연신 그려졌다.

촤촤촤악!

융포납강의 가사가 날카롭게 베이면서 옷조각이 흩날렸

다. 살짝이 긁힌 복부에 세 줄기의 핏빛 선이 생겨났다.

융포납강이 살기어린 눈을 빛내면서 석랑자가 허리를 트는 아주 미세한 찰나의 빈틈에 손을 뻗었다. 석랑자의 손목이 융포납강의 손에 잡히려는 순간이었다.

"갈!"

융포납강의 등 뒤로 산산노사가 붕 떠올랐다. 산산노사는 철주판으로 융포납강의 등을 후려쳤다.

까드득!

주판알이 박히고 지나가면서 살을 찢고 뼈를 긁는 듯한 끔찍한 소리가 났다.

"으음."

융포납강이 잠시 주춤하자 석랑자가 기회를 놓치지 않고 손에서 철조를 회전시켰다. 석랑자의 손목을 붙들려던 융포납강의 팔을 철조의 칼날이 회전하면서 마구 난자했다.

이괘조법 선풍난도(旋風亂刀)!

촤라라락!

융포납강의 팔뚝에 수없이 혈선이 생겨나며 새빨간 핏방울이 허공에 뿌려졌다.

한 치도 어긋나지 않고 꽉 물려 돌아가는 듯한 최고수들의 합격술에 융포납강은 고역을 치렀다.

융포납강이 발을 굴렀다.

쿠— 웅!

융포납강을 중심으로 원을 그리며 기왓장이 파도처럼 쓸려 나갔다. 전각이 우르르 떨더니 지붕이 무너지기 시작했다. 앞쪽의 석랑자와 뒤쪽의 산산노사도 진각의 파장에 휘청거리며 무너지는 지붕과 함께 추락했다.

석랑자는 떨어지는 기왓장을 밟고 뛰어오르려 했지만 융포납강이 망치질을 하듯 석랑자의 머리를 후려쳤다.

철조로 주먹을 막았으나 융포납강의 어마어마한 힘이 그대로 철조와 함께 석랑자를 짓눌렀다. 석랑자는 그대로 바닥에 처박히고 말았다.

쾅!

융포납강은 오히려 그 반동으로 훌쩍 뛰어올랐다.

반면 산산노사는 지붕이 무너지려는 순간 주판으로 기와를 찍고 뒤로 재주를 넘어 공중에 떠 있을 수 있었다.

융포납강이 밟은 진각의 여파로 허공에는 부서진 기왓장들이 떠올라 있었다. 몸놀림이 가벼운 산산노사는 공중에 뜬 채 기왓장들을 밟으면서 동시에 기왓장을 발로 찼다.

투다다다.

일부는 손으로 잡아 던지고 철주판으로도 쳐서 날렸다.

부서진 기와 조각들이 공력을 담고 융포납강에게로 무수히 쏟아졌다. 융포납강이 허공에 뜬 채 몸을 둥글게 말았다.

퍼퍼퍽!

기왓장들이 융포납강의 몸에 맞고 산산조각 나며 뿌연 먼지가 일었다. 산산노사는 더 이상 쳐낼 기왓장이 없자 허공에서 발돋움을 해 두 번이나 회전하며 땅으로 착지했다.

우르르르.

그사이 다른 최고수들이 지붕이 반쯤 무너진 전각의 앞으로 모여들었다. 석랑자도 먼지를 뒤집어쓴 채 찡그린 얼굴로 걸어 나왔다. 융포납강의 주먹질을 막은 한쪽 철조는 칼날이 두 개나 깨져 있었고 팔은 부러졌는지 덜렁거렸다.

광동 진가의 청면도객이 냉랭하게 말했다.

"단목가는 이제 빠져야겠군."

석랑자가 창백한 얼굴로 이를 갈았다.

"내가 못난 게 아니라 놈이 너무 단단한 걸세."

"흠."

최고수들은 먼지가 가라앉는 중인 부서진 전각의 위를 쳐다보았다.

부러져 크게 꺾인 대들보 위에 융포납강이 서 있었다.

"옴 마니 반메 훔."

융포납강이 광오하게 최고수들을 내려다보며 진언을 외웠다. 드러난 상체에는 자잘한 상처가 가득했다. 실피가 거미줄처럼 흘러 붉은 가사를 더욱 빨갛게 물들였다. 얼핏 참혹하게 보이기도 했다.

그러나 최고수들, 특히나 석랑자는 쓰게 입맛을 다실 수밖에 없었다.

"별 피해를 못 입혔군."

심지어 그가 난도질했던 팔뚝도 혈흔만 그득할 뿐 거의 베이지 않았다. 피부만 살짝 그어졌다.

산산노사가 주판으로 갈아버린 등도 마찬가지였다. 피가 뚝뚝 떨어지지만 그냥 그뿐이었다. 긁힌 정도에 불과했다.

눈빛은 여전히 형형한 것이 조금의 내상도 입지 않은 듯 보였다.

남궁가의 창천이로 중 만노가 중얼거렸다.

"저 정도면 거의 금강불괴 수준인데?"

청성파의 운일도장이 코웃음을 쳤다.

"어느 쪽이든 쉽진 않겠군. 과연 혈라마다."

혈라마의 금강불괴에 가까운 몸체에 보통의 공격은 통하지 않는다.

그러나 뒤쫓는 동안 최고수들은 이미 융포납강을 어느 정도 파악해내었다.

융포납강은 검기류의 공격은 피하고 단순 공력이 담긴 공격은 몸으로 받았다. 완전한 금강불괴는 아니라는 뜻이다.

 기회를 봐서 제대로 된 절초를 먹일 수만 있다면 치명적인 상처를 가하기에 충분하리라.
 최고수들은 알고 있었다.
 혈라마라는 달콤한 먹잇감의 가치를.
 마교의 절대 고수 혈라마!
 자신의 명성은 물론이고 문파에까지 커다란 이익을 가져올 사냥감.
 가뜩이나 지금처럼 마도와 사도를 눈 씻고 찾아봐도 찾을 수 없는 요즘 같은 세상에선.
 어떤 희생을 치르더라도 혈라마를 잡을 수만 있다면, 그 희생을 충분히 감수할 만큼의 이득을 얻고도 남을 터였다.
 "ㅎㅎㅎ."
 뇌음사의 최고수 발사라, 융포납강을 쳐다보는 최고수들의 눈에서 탐욕이 일렁거렸다.
 발사라는 어이가 없어서 다시 같은 말을 뇌까렸다.
 "미친놈들."

*　　　*　　　*

 쾅!

콰르르릉.

싸움은 길게도 이어졌다.

하지만 제아무리 발사라라고 해도 융포납강 혼자서 수십 명의 초고수를 상대하는 일은 무리였다.

조금씩 밀리는가 싶더니 금강불괴와도 같던 융포납강의 몸에 하나둘씩 상처가 늘어갔다.

최고수들은 잠시의 여유도 주지 않고 몰아쳤다. 제아무리 융포납강의 내공이 황하처럼 넓고 깊더라도 최고수들과 장로들을 모두 합친 만큼의 내공은 아니다. 언제까지나 이어질 것 같던 융포납강의 내공도 점차 바닥을 드러내기 시작했다.

"죽어라!"

"이노옴!"

쿠르르릉.

네 자가 넘는 검기와 장풍에 또 한 채의 전각이 송두리째 박살 났다.

그들이 격돌할 때마다 여파는 어마어마했다.

한 번 붙고 나면 그 자리는 마치 태풍이 쓸고 지나간 듯 부서진 잔해만이 남았다. 한때 화려한 인기몰이를 했던 중심가의 다관 거리와 지나온 길의 논밭들은 한순간에 폐허가 되어 버렸다.

그나마 다행인지 불행인지, 서가촌에는 이미 많은 이들이 포기하고 떠나 거의 남아 있는 사람이 없는 상태였다.
하지만 그것이 아예 사람이 없다는 의미는 아니었다.
"무슨 일이여?"
"왜 이리 시끄러운감?"
서가촌을 떠나지 않은 이들, 중심가에서 떨어진 외곽에 살고 있던 이들이 굉음과 소란을 듣고 하나둘 몰려오기 시작했다. 그러다가 부서진 전각들과 파헤쳐진 작물들을 보고는 기겁하여 놀랐다.
"흐이익!"
"이게 뭐여!"
중심가의 태반이 박살 나서 온전한 건물이 몇 없었다. 대부분이 나이든 노인들인 마을 사람들은 너무 놀라 자리에 주저앉았다.
진주 언가의 철담공이 마을 사람들을 보고는 눈살을 찌푸렸다.
"귀찮게 됐군."
다른 최고수들도 철담공과 비슷한 표정을 지었다.
지금까지는 거리낌 없이 전력을 다해서 손을 썼지만, 이젠 마을 사람들을 염두에 두어야 하게 된 것이다.
자칫 마을 사람들이 휘말려 사상자가 발생하게 된다면

이유를 불문하고 강호의 비난을 피하기 어려울 터였다.

최고수들은 융포납강이 마을 사람들을 인질로 잡거나 하지 못하도록 융포납강의 경로를 가로막고 외쳤다.

"각 문파의 제자들은 들으라! 저들을 피신시키고 접근을 차단하라!"

어차피 융포납강과의 싸움에 끼어들 수 없던 문파의 젊은 제자들은 어디 문파라고 할 것 없이 각 장로의 명령에 따라 마을 사람들을 몰아내기 시작했다.

"자자, 나가요!"

"얼른 일어나시지 않으면 다칩니다!"

젊은 제자들이 주저앉은 이들까지 반 강제로 끌어내는데 갑자기 사람들의 틈에서 마을 촌장이 튀어나왔다.

"제발!"

간절한 외침에 모두의 눈이 촌장을 향했다. 촌장이 바닥에 무릎을 꿇으며 피를 토하듯 소리쳤다.

"제발 이곳에서 이러지 말아 주시오! 부디 다른 곳으로 가 주시오. 다 필요 없으니 조상 대대로 내려온 땅에서 우리가 다시 예전처럼 살게만 해 주시오!"

정말로 간곡한 외침이었다.

하나 촌장을 내려다보는 최고수들의 눈길은 싸늘했다.

공동파의 육망지 고릉이 단호하게 말했다.

"아무리 시골 촌동네의 무지렁이라도 마교의 이름은 들어 봤을 터. 설마하니 지금 사악한 마도의 종자를 놓아주자는 말을 하는 것인가? 이 마을이 마교의 주구로 몰려도 상관없다는 뜻인가?"

촌장의 얼굴이 사색이 되었다. 촌장이 손발을 바들바들 떨면서 엎드렸다.

"마교의 앞잡이라니! 당치도 않습니다, 대인. 소…… 소인들이 어찌 감히 그런 짓을 하겠습니까요."

"그럼 입 다물고 시키는 대로 멀찌감치 떨어져나 있게. 방해되니."

"하지만……."

"어허!"

서가촌은 같은 서씨 집안사람들이 모여 사는 집성촌이다. 다른 마을 사람들—먼 친척들—도 대부분 촌장과 같은 마음이었다.

그러다 보니 각 문파의 젊은 제자들이 끌어내려 해도 주먹을 꾹 쥐고 버티며 쉽사리 물러서지 않으려 했다.

젊은 제자들은 물론이고 장로와 최고수들도 난감했다. 이러다가 다치기라도 하면 책임은 자신들의 몫이다. 하나 그렇다고 융포납강을 포기할 수도 없었다.

팽가의 벽력도가 꾸물대는 마을 사람들을 향해 위압적으

로 소리쳤다.

"마지막으로 경고하는데, 자꾸만 백도무문의 행사를 방해하는 자는 마교의 주구로 간주하고 색출하여 저 악독한 마도의 종자 놈과 함께 목을 칠 것이야!"

마을 사람들은 벽력도의 말에 벌벌 떨었다. 순박하게 농사나 짓고 살던 촌사람들에게는 청천벽력과도 같은 말이었다.

그때 잠자코 있던 융포납강이 진언을 외며 말했다.

"옴마니반메훔. 본납과 이곳 마을 사람들과는 아무런 관계도 없으니 애꿎은 이들을 겁박하는 일을 그만두어야 할 것이니라……."

최고수들에게는 어림 반 푼어치도 들어 먹힐 리 없는 말이었다. 당장에 마을 사람들을 몰아내지 않으면 융포납강을 잡는 데에 큰 문제가 생기고 만다.

융포납강이 상당히 밀린 상태라고는 해도 무위는 결코 얕보기 힘들었다. 지금처럼 운 좋게 마주친 것이 아니라 길거리라던가 산에서 일대일로 만났더라면 어떻게 되었을지 생각만 해도 오싹하다. 그러니 지금 기회에 반드시 처치해야만 했다.

아무리 좋게 생각하려 해도 도무지 전력을 다하지 않고 주변까지 신경 써가며 잡을 수 있는 상대는 아닌 것이다.

청성파의 운일도장이 깐깐한 어조로 반박했다.

"우리가 가증스러운 마교 놈의 말을 어찌 믿겠는가!"

남궁가의 창천이로도 말을 거들었다.

"오호라. 마교 놈이 감싸는 걸 보니 분명 이 마을과 서로 관계가 있으렷다?"

"아무렴. 관계가 없고서야 굳이 감싼다는 게 말이 되나?"

최고수들은 융포납강이 숨을 고르며 안색이 급격히 좋아지는 걸 보고 마음이 급해졌다. 기껏 막다른 길에 몰아넣었는데 벌써 회복하고 있었다.

이러다간 다 잡은 고기를 놓치게 생겼다.

하다못해 마을 사람들을 향해 일장을 폭사하기라도 하면 포위망에 구멍이 뻥 뚫리고 말 터였다.

다급해진 형산파의 북무선생이 제자들에게 명령했다.

"놈이 시간을 끌고 있다! 강제로라도 모두 끌어내!"

산동악가의 산산노사도 덧붙였다.

"그래 봐야 가벼운 노인네들뿐이니 마혈을 짚든 수혈을 짚든 해서 얼른 끌어내라고. 병신 되면 자기들만 손해지, 쯧쯧. 마교의 무서움도 모르는 무지한 자들 같으니."

젊은 사람들은 생기가 강해 혈을 짚어도 몇 시진 이내에 자연히 회복이 된다. 하나 노인들은 기가 약해 회복이 느리고 혈도 자체가 좁고 얕아 자칫 아예 막혀버릴 수도 있었다. 재수가 없으면 반신불수가 되는 일도 발생할 수 있다. 산산노사의 말처럼 반병신이 되는 것이다.

젊은 제자들은 당혹스러웠으나 명령을 따르지 않을 수가 없었다.

"죄송합니다, 어르신들."

"저희가 손을 쓰기 전에 알아서 돌아가 주시기 바랍니다."

"안 그러면 몸을 크게 상하실 수도 있습니다."

무인들의 위협과 협박에 몇몇 마을 사람이 울컥했다.

"여기가 우리 동네고 내 땅인데 어딜 가라는 거요!"

"이러나저러나 다 부서지는 꼴을 보느니 차라리 여기서 죽고 말지!"

몇 안 되게 남아 있던 젊은이들도 항의했다.

"우린 조상 때부터 살던 땅에서 왜 자기들이 남의 마을에 와서 이래라저래라 해!"

"자기들이 관부도 아니고 뭣도 아닌데 왜!"

"우리도 참을 만큼 참았어! 대체 마교고 뭐고 우리와 무슨 상관인데!"

항의가 거세지자 장로들의 표정이 일그러졌다.

장로들이 소리쳤다.

"끌어내!"

마을 사람들이 저항하자 젊은 제자들의 눈에도 독기가 어렸다. 존장의 명을 받은 젊은 제자들이 눈에 불을 켜고 마을 사람들을 억지로 끌어내려 한순간이었다.

휙, 하고 한 줄기 바람이 불더니 마을 사람들과 젊은 제자들의 사이에 인영 하나가 끼어들었다.

젊은 제자들이 깜짝 놀라 주춤거렸다.

장건이었다.

어느샌가 장건이 그들의 앞에 서 있었다.

장건이 차가운 눈으로 젊은 제자들과 그들의 뒤쪽에 있는 문파 고수들을 보았다.

"그만하세요."

최고수들은 한눈에 장건을 알아보았다.

눈 깜짝할 사이에 모습을 드러낸 신법이며 천으로 친친 감아 등에 멘 기다란 무엇―소요매화검―을 보면 누군지 딱 감이 왔다.

하기야 오라고 한 지가 좀 되었으니 언제 나타나도 이상한 일은 아니었다.

"뭘 그만두라는 말이냐, 꼬마야?"

전진파의 죽림옹이 묻자, 장건이 죽림옹 쪽을 쳐다보며 대답했다.

"마을 분들 말씀처럼요. 이제 그만 여길 나가주셨으면 좋겠어요."

"뭐?"

최고수들은 황당해했다.

죽림옹이 기가 막혀서 '허!' 하고 탄성을 냈다.

"너도 아까 그 노인과 똑같은 말을 하는구나. 네 눈에는 저자가 보이지 않느냐?"

죽림옹은 융포납강을 가리켰다.

"보여요."

"보이는데 그런 말을 해? 저자는 뇌음사라고 하여 사람을 벼락으로 태워 죽이고 산 채로 독수리에게 먹이는 악랄한 마도의 고수다. 지금 저자를 처리하지 않으면 앞으로 얼마나 많은 선량한 사람들이 저자의 손에 죽임을 당하게 될지 알 수 없단다."

죽림옹은 말의 끄트머리에는 손주를 달래는 듯한 투의 어조로 말했다.

장건이 가만히 듣고 있다가 물었다.

"그게 정말인가요?"

"그야 당연히 정말……."

무심코 답하던 죽림옹은 뭔가 이상한 생각이 들어 입을 다물고 장건을 쳐다보았다.

장건의 어조가 묘하게 껄끄러웠다.

'저 사람이 그 무서운 마교도라는 게 정말이냐.' 하고 묻는 게 아니라 '네가 선량한 사람들을 위해서 싸우려는 게 정말이냐.' 하고 묻는 것 같았다.

괜히 찔리는 게 있으니까 그렇게 느끼는 게 아니라고는 할 수 없었다.

하지만 분명 착각은 아니었다. 장건의 심드렁한 어조와 징그러운 것을 보는 듯한 눈빛이 확실하게 혐오감을 표출하고 있었다.

죽림옹은 짐짓 얼굴을 찌푸리며 장건을 보았다. 장건은 조금의 흔들림도 없이 죽림옹의 눈빛을 받아 냈다.

"그게 아니면?"

죽림옹의 물음에 장건이 즉답했다.

"저야 모르죠. 그냥 제 눈엔 그렇게 보이지 않았을 뿐이에요."

"허허허."

죽림옹은 어이가 없어서 웃었다.

"듣던 대로 맹랑한 꼬마놈이구나?"

죽림옹이 저도 모르게 공력까지 담아 껄껄대고 웃었다. 거기엔 적잖은 살기까지 담겨 있어서 순식간에 장내의 분위기는 싸늘해졌다.

그때 융포납강이 크게 말했다.

"본사(本寺)가 강호에서 마교로 불리는 것은 익히 알고 있으나, 방금의 말은 사실과 다르니라. 뇌전(雷電)은 본교에서 가장 신성히 여기는 대상이며 죽은 자를 독수리의 먹이로 주는 것은 서역의 오래된 장례 풍습이다. 그것이 본사가 마교로 불리어야 할 이유일 수는 없느니!"

융포납강도 공력을 담아 말했기 때문에 장내의 모든 이가 그 소리를 똑똑히 들을 수 있었다.

"닥쳐라, 간교한 마교 놈!"

융포납강에게 크게 당한 단목가의 석랑자가 일갈했다.

석랑자는 이어 장건을 돌아보고는 말했다.

"꼬마야. 뚫린 입이라고 함부로 지껄이는구나. 그래서? 네 눈에 보기 좋지 않으니 우리더러 나가라? 지금 그런 얘길 한 거지?"

장건은 이번에도 대답을 회피하지 않았다.

"네."

부러진 팔을 붙들고 석랑자가 두 눈에서 혈광을 줄기줄기 내뿜었다.

"감히…… 머리에 피도 안 마른 어린놈이 명성 좀 얻었다고 해서 네놈보다 몇 배의 세월을 살아온 선배들을 능멸하는 게냐?"

흐트러졌던 석랑자의 머리카락이 하늘로 곤두서고 전신의 옷깃이 뻣뻣하게 섰다. 깨진 철조의 끄트머리에 푸르스름한 인기(刃氣)가 맺혔다. 서늘한 바람이 석랑자의 몸을 휘몰아쳤다.

융포납강에게 일격을 당하긴 했어도 여전히 그는 단목가의 최고수이며 강호에서 일 할 이내에 드는 실력자다.

장내에 살기가 가득해지며 마을 사람들이 영문 모를 한기에 몸을 떨었다.

장건도 자신에게 뿜어지는 살기를 느꼈다. 석랑자의 몸이 거대하고 시커먼 구름으로 변해 감싸오는 듯했다. 사방이 컴컴해지며 석랑자의 두 눈만이 시뻘건 빛을 내뿜었다.

평소라면 조금 무서웠을지도 몰랐다. 하지만 지금은 장건도 화가 끝까지 나 있었다. 두려움보다도 분노가 앞섰다.

마교에 대한 얘기는 민간에서도 퍼져 있어 강호를 잘 모르는 장건이라도 알고 있었다.

마교는 무섭고 나쁘다, 그런 말이 장건에게도 마치 할아버지의 옛날 얘기처럼 아련하게 각인되어 있었다.

그렇지만 두 눈으로 본 적은 없었다. 마교도를 보긴 처음이다.

마교도와 거대 문파의 최고수들.

둘 중에서 누가 더 나쁜가.

모자란 생각으로 진정성의 유무를 섣불리 판단할 수는 없는 일이다. 하지만 지금의 장건에게는 적어도 최고수들이 더욱 나쁘게 보이는 게 사실이었다.

'어째서?'

사실은 마교가 더 나쁠 수도 있는데 왜?

석랑자는 자신이 어린아이를 상대로 심했다 생각했는지 조금 기세를 누그러뜨렸다. 그래도 장건이 오래 함께 지낸 마을 사람들일 텐데 그런 마을 사람들이 핍박당하는 듯 보이자 치기어린 마음에 나섰다고 생각한 것이다.

"흥. 네놈이 무얼 알겠느냐. 본디 대의(大義)를 위해서는 다소의 희생을 감수해야 하거늘. 큰 물줄기가 작은 바위를 우려하여 물줄기를 튼다면 상류에서는 물이 범람하여 홍수가 나고 하류에서는 물이 없어 가뭄이 생겨나는 법이다. 시키는 대로만 한다면 누구도 다치지 않을 게다."

"그렇군요. 이제 알겠어요."

장건이 고개를 끄덕이며 순순히 수긍하자 석랑자가 한결 너그럽게 말했다.

"알았으면 더 이상의 무례를 범하지 말고 물러나 있거라. 너와의 일은 마교도를 잡고 나서……."

"아뇨. 알았으니까 다들 이 마을을 나가주시라고요."

"뭐, 뭣?"

석랑자가 당황함을 금치 못하고 눈썹을 파르르 떨었다. 모든 이의 이목이 다시 한 번 집중되었다.

장건이 석랑자의 시선을 똑바로 마주하더니 대답했다.

"목적을 위해서 수단 방법을 가리지 않는 것이 대의라면, 저는 그런 대의 따위는 따르지 않겠어요."

장내의 모든 소리가 사라진 것처럼, 줄어들었다.

"아, 아니 저……."

"저저 건방진……."

최고수들과 장로들은 당혹스러운 표정을 지었고, 젊은 제자들은 존장에게 함부로 말하는 장건을 노려보며 안절부절못했다. 지켜보는 마을 사람들도 조마조마한 얼굴이었다.

금방이라도 폭발해서 터져 버릴 것 같은 분위기에서, 장건은 격앙된 목소리를 억지로 누르며 말을 이었다.

고통스러울 정도의 정적 속에서 장건의 말이 울렸다.

"사람들을 괴롭히는 마교와, 그런 마교를 없애기 위해서 사람들을 괴롭히는 할아버지들. 그 둘 사이에 어떤 차이점이 있죠?"

수많은 최고수들은 조금 불편해졌다. 만일 혈라마를 잡는 데에 조금의 사심도 없이 순수한 대의만을 따랐다면 지금 같은 사태로까지는 번지지 않았을지도 몰랐다. 지금의 일은 분명 사욕과 대의명분이 충돌하여 생겨난 사태였다.

장건이 그러한 점을 정확한 의미의 단어로 표현할 수 있을 만큼 인지하고 있는 건 아닐지라도, 어렴풋하게나마 핵심에 근접해 있다는 건 소름 끼치는 일이었다.

하나 아이의 말 한마디에 그대로 물러설 수도 없는 노릇이었다.

많은 이들의 앞에서 창피를 당한 석랑자가 뜨끔함을 감추고는 분노의 목소리로 외쳤다.

"네가 지금 무슨 소리를 하고 있는지는 알고 지껄이는 거겠지!"

"안다니까요?"

장건은 주먹을 꾹 쥔 채 다른 최고수들을 한 번씩 훑어보았다. 뭇 최고수들의 눈에 살기가 일렁이고 있었다.

장건은 조금도 밀리지 않고 그 어느 때보다도 천천히, 하지만 또박또박 말을 내뱉었다.

"강한 자, 힘 있는 자가 모든 것을 정의한다. 그게 강호 무림의 법칙 아닌가요?"

"허……!"

"뭐라고?"

"지금 그 입으로 뭐라고 한 게냐?"

장건은 정확하게 다시 한 번 말했다.

"강호의 법칙대로 하겠다고요."

"저, 저런!"

"망할 놈이!"

장건은 당황하는 최고수들을 보며 손가락을 들어 그들의 반대방향을 가리켰다.

"그러니까 제가 지금 말하고 있잖아요. 다들 나가세요."

그 순간 사위는 적막에 휩싸였다.

* * *

도합 백오십 여 쌍이나 되는 시선이 동시에 장건에게 꽂혀 있었다.

그중에는 뒤늦게 달려온 소녀들의 시선 역시 포함되어 있었다.

누군가—마을 사람들이나 문파 제자들—에겐 장건의 모습이 불길로 달려드는 부나방처럼 보였을 지도 몰랐다. 하지만 소녀들에겐 정파 무림의 최고 무력집단을 앞에 두고도 당당하게 맞서는 멋진 모습이 먼저 눈에 들어왔다.

"역시……."

"괜히 멋있는 게 아니라니까."

소녀들은 가슴이 설렜다. 그래도 현실 감각까지 잊은 건 아니었다. 장건의 행동이 멋있기는 하지만 무모한 일임에는 분명했다.

어찌 보면 최고수들은 자신들이 살아온 삶, 그 반의반도 살지 않은 핏덩이에게 수모를 당한 것이다.

본래 나이가 지긋해지며 문파에서 어르신 대접도 받고 강호에서 적당한 지위도 얻게 된다. 그쯤 되면 사회적 체면이 중요해지기 마련이다. 남들의 평판이 곧 자신의 권위라 생각하기 때문이다.

한데 이 평판과 권위는 남들이 보는 것과 당사자 본인이 스스로 판단하는 기준이 다르다.

생각 외로 둘 사이의 간극은 아주 넓다.

이를테면, 자신이 일장연설을 길게 늘어놓고 있는데 누군가 그것과 다른 의견을 낸다 치자. 그러면 자신의 권위가 심각하게 손상되었다고 여기는 것이다.

상대의 의견이 맞든 틀리든 그것은 전혀 관계가 없다. 자신의 의견에 동조하지 않고 다른 뜻을 말했다는 것만으로, 자신의 얘기를 듣지 않고 끼어들었다는 것만으로 자기가 가진 권위가 무너지고 있다는 절박함에 휩싸인다.

특히나 다른 의견을 낸 이가 어리면 어릴수록 더욱 치욕과 모멸감을 느낀다. 남들이 보기엔 전혀 별것 아닌 일인데도 당사자는 그것을 결코 작은 일로 느끼지 않는 것이다.

그래서 결국 자신의 권위를 지키기 위해 상대의 의견을, 정확히는 상대 자체를 인정하지 않는 행태를 보인다.

이런 경우, 유독 인신공격도 마다하지 않고 상대를 비하하는 경우가 많다. 상대의 주장에 대해 반박하는 것이 아니라 상대에게 문제가 있어서 주장도 옳지 않다는 괴팍한 형태로 자신의 주장이 옳음을 역설하고, 그럼으로써 자신의 권위가 지켜진다고 생각한다.

하여 자주 나오는 말이 '어린놈이 뭘 안다고!' 라거나 '그건 대체 어디서 배워 먹은 버르장머리냐!' 인 것이다.

하나 실제의 평판, 즉 남들이 말하는 평판이란 어떠한가?

스스로 잘못을 알고 남들의 의견을 경청하는 이를 더욱 대인(大人)으로 보고 존경한다. 자기만이 옳다고 강짜를 부리며 남을 존중하지 않는 자는 남에게도 결코 존중받을 수 없다. 아집이 강하고 독선적인 소인배(小人輩)일 뿐이다. 존경은커녕 돌아서서 욕이나 먹지 않으면 다행이다.

지금의 상황도 다를 바가 없다.

이미 일은 다 벌어졌다. 사태가 벌어질 만큼 벌어진 후다. 따라서 최고수들은 장건의 말에 쉽게 수긍할 수가 없었다.

만일 장건의 말을 수긍하면 그 순간 지금까지 자신들이

잘못했다는 걸 인정하는 셈이 되고, 그것은 곧 자신들의 권위가 무너짐을 의미할 테니까.

그러니까 최고수들에게 있어 장건은 이 순간 그저 권위에 도전하는 새파란 애송이일 따름인 것이다. 아니, 최고수들로서는 장건이 반드시 건방진 애송이가 되어야만 하는 것이다.

심지어 장건은 이들이 가진 가장 큰 권위인 무력을 대놓고 폄했다.

하여 권위를 공격당한 이들, 최고수들의 얼굴이 급격하게 굳어진 건 너무도 당연한 일이었다.

그들뿐 아니라 장로들의 얼굴도 온통 붉으락푸르락했다. 젊은 제자들도 마찬가지다. 최고수들은 곧 문파 자체를 상징하기 때문에 마치 자신들의 문파가 조롱당한 것처럼 피가 거꾸로 솟았다.

그리하여, 장건의 강함은 익히 알고 있었지만 가문의 존장이 모욕당하는 걸 참을 수 없었던 단목가의 청년 한 명이 뛰쳐나왔다.

챙!

청년은 얼굴이 시뻘개져서는 소리 질렀다.

"오만방자하기가 그지없구나! 네 실력이 얼마나 뛰어난지 모르지만 어디 웃어른에게 그딴 소리를 지껄여!"

장건과의 거리가 불과 대여섯 걸음이었다. 단목가의 청년은 금방이라도 달려들 것처럼 공력을 끌어 올리며 화를 감추지 않았다.

장건은 단목가의 청년을 보고 물었다.

"그럼요? 잘못된 일을 하는 어른을 보고도 가만히 있어야 하나요?"

단목가의 청년이 더욱 길길이 날뛰었다.

"어른이 하는 일이 설사 마음에 들지 않더라도 우선은 따른 후에 나중에 따로 찾아뵙고 조용히 여쭐 일이지, 어디 싸가지 없이 목에 핏대 세우고 어른에게 따져들어?"

장건도 화가 나 있었지만 최대한 냉정을 유지하려 애쓰며 답했다.

"그래서 강호의 법칙대로 하자고 말씀드린 거예요."

단목가의 청년이 눈을 까뒤집고 검을 뽑았다.

"그래! 그럼 어디 그 법칙대로 나부터……."

순간 장건이 이를 악물었다. 기의 가닥을 쭉 뽑아 날렸다.

빠악!

경쾌한 타격음과 함께 단목가의 청년은 고개가 뒤로 젖혀지며 공중에 떠올랐다.

장건은 전혀 움직이지 않은 채였다.

쿠당탕탕!

단목가의 청년은 뒤로 나자빠지며 순식간에 바닥을 굴렀다. 몸이 간헐적인 경련을 일으키며 들썩거렸다.

장내가 순식간에 다시 조용해졌다.

"됐죠?"

장건은 쓰러진 청년을 보며 말했다. 당연히 청년은 대답을 할 수 없는 상태였다.

장건이 평소보다도 더 힘을 강하게 쓴 탓에 순식간에 혼절해 버렸다. 장건이 이미 각오를 단단히 한지라 손을 씀에 있어서도 거침이 없었다.

최고수들은 크게 기분이 상한 와중에도 장건의 무공에 호기심이 생겼다. 그들도 어쩔 수 없이 뼛속까지 무림인인 것이다.

최고수들은 융포납강에 대한 경계를 늦추지 않으면서 장건을 훑어보았다. 아무도 장건이 어떻게 단목가의 청년에게 손을 썼는지 보지 못했던 것이다.

만일 은풍장이나 암경류의 공격이었다면 단목가의 청년은 뒤로 나뒹굴기보다는 피를 내뿜으며 주저앉았을 터였다.

그렇다면 저것은 권풍이다. 지풍이라면 맞은 부위에 동그랗게 멍이 들었을 테니까.

서가촌 멸망 205

최고수들답게 판단도 순식간에 내렸다.

광동 진가의 청면도객이 마치 최고수들의 생각을 대변하듯 큰 소리로 중얼거렸다.

"손가락 하나 까딱하지 않고 권풍이라…… 과연 듣던 대로 묘하군!"

장건이 청면도객을 보고 말했다.

"움직였는데요."

"응?"

청면도객이 다시 장건을 보니 장건은 주먹을 앞으로 내밀고 있었다. 아니, 내민 상태였다.

"……?"

청면도객이 의아해져서 옆의 철담공을 보니 철담공도 고개를 갸웃거린다.

"아깐 분명히……."

아무것도 하지 않은 상태에서 단목가의 청년이 맞고 날아갔는데?

근데 잠깐 시선을 돌렸다가 돌아보니 장건은 주먹을 뻗은 자세로 서 있다?

최고수들의 눈살이 절로 찌푸려지는 요상한 경우였다. 장로들만이 이미 흑풍객 변인을 통해 장건의 '뭔가 미묘하게 순서가 어긋난 듯한 주먹질'을 보았을 뿐이다.

물론 장건 역시 기의 가닥으로 단목가의 청년을 날려 버린 후, 뒤늦게 무의식적으로 주먹질 흉내를 한 터였다. 허초에 습관이 안든 탓에 자꾸만 늦게 주먹질을 하게 되었다.

"장난질인가?"

최고수들이 왠지 모르게 짜증이 나서 장건을 째려보는데, 아미파의 백무이고가 나섰다.

"아무래도 더 이상 두고 보기가 어렵습니다."

백무이고가 큰 소리로 일갈했다.

"다들 그만두시기 바랍니다! 마교의 종자를 앞에 두고 우리끼리 이 무슨 짓입니까!"

백무이고는 장건을 보고도 말했다.

"소협도 잠시 진정하도록 하게."

한마디 말로 진정될 상황은 아니었으나, 어쨌든 잠시 주의는 환기되었다.

마교의 고수와 정파의 고수들과 서가촌의 마을 사람들, 그리고 장건.

어딘가 모르게 어색하면서도 괴이한 대치가 이어지고 있었다.

제6장

평화의 주인

주의가 모아지자 백무이고가 뭇 중인들을 향해 말했다.

"지금 중요한 건 무엇보다도 마교의 고수이지요. 그가 왜 이곳에 나타났는가, 그걸 알아내기 위해서라도 저자를 잡는 것이 우선입니다."

청성파의 운일도장이 빈정대듯 말했다.

"하지만 저기 저 협의에 넘치는 소협께선 우리더러 꺼지라지 않소이까? 마교의 고수가 반항도 뭣도 하지 않을 테니 조용히 딴 데로 데려가라시오."

빈정대는 투였지만 간과할 얘기는 아니었다. 최고수들 몇이 달라붙어도 쉽게 제압하지 못하는 고수를 어떻게 다른 데로 데려갈 수 있단 말인가.

백무이고가 장건에게 말했다.

"소협이 보다시피 저자는 마교의 막강한 고수라오. 강압적이라 느낄 수도 있으나 신속히 사람들을 피신시키는 게 지금으로썬 피해를 줄일 수 있는 유일한 길일게요."

그래도 불가의 비구니인만큼 그나마 말투가 부드러웠다. 하나 형산파의 북무선생이 다시 이죽거렸다.

"꼬마에게는 다른 방법이 있는가 보지, 어디 무슨 좋은 방안이 있는가 들어볼까?"

장건은 잠시 머뭇거렸다.

"그건……."

북무선생이 눈살을 찌푸렸다.

"꼭 자기는 변변한 대책도 없으면서 사사건건 반대만 하는 놈들이 있지. 봐라! 그 고생을 해서 기운을 다 빼놨는데 네가 쓸데없이 끼어든 바람에 저 마교도는 벌써 다 회복을 하고 말았다. 이젠 저자를 잡으려면 아까보다도 더 큰 대가를 치러야 한다. 어쩔 거냐? 네가 책임질 거냐?"

연륜이 괜한 게 아니라는 듯, 자신들의 잘못은 슬쩍 묻고 장건에게 책임을 미루는 교묘한 언변이었다.

그러나 그건 또한 대개의 무림인들이 생각하는 일반적인 기준이기도 했다.

비가 오면 장사꾼들은 손님이 적을까 걱정하고 어부들은 배를 띄우지 못할까 봐 고민하듯 지금 무림인들에게 무엇보다 중요한 건 마교도를 잡는 일이었다. 어떤 일이 발생하든 누구나 자신의 입장에서만 사태를 바라보게 되는 것이다.

장건은 묵묵히 생각하다가 대답했다.

"만약 제가 방해가 되어서 제가 책임을 져야 한다면 그렇게 하겠어요."

진주 언가의 철담공이 혀를 찼다.

"쯧쯧, 책임이란 말은 그리 함부로 입에 담는 게 아니다."

장건이 철담공을 보더니, 이어 다른 최고수들을 돌아보며 물었다.

"알고 있어요. 그런데 그럼 제가 책임을 진 다음예요, 그다음에 마을을 엉망으로 만든 책임은 어느 분이 지실 건가요?"

"뭣이?"

최고수들은 기가 막혀서 혀를 내둘렀다.

"허어, 맹랑한 놈 같으니."

"아직도 정신을 못 차리고!"

장건이 기죽지 않고 다시 말했다.

"할아버지들이 망가뜨린 논밭은 저와 많은 사람들이 몇 개월이나 땀 흘려 일군 것이에요. 파헤쳐진 길거리와 끊어진 나무들은 매일 다듬고 청소했었더랬죠. 제가 지은 건 아니지만 여러 전각도 다른 사람들의 땀으로 지어졌구요. 그런데 할아버지들은 그걸 하루아침에 다 부수셨어요."

남궁가의 창천이로가 노기를 드러냈다.

"어린놈이 듣자 하니 말이 심하구나."

"고작 그따위 일로 감히 우리에게 책임을 운운해?"

점창파의 장안대호도 불편한 심기를 드러내었다.

"예전부터 그래왔듯이 이번에도 마찬가지로, 부수적인 피해는 추후에 여기 있는 이들의 소속 문파차원에서 보상을 할 것이다. 큰일을 함에 있어서 작은 일까지 일일이 신경 써야 한다면 도대체 어느 세월에 대의를 이루겠느냐."

장건이 되물었다.

"그 대의라는 게 대체 무엇이고, 또 누굴 위한 건데요?"

"당연히 세상을 어지럽히는 마교를 몰아내어 강호에 정의를 세우는 것이 대의이지 않겠느냐! 대의는 모든 사람들을 위해 존재하고 동시에 모든 이들이 추구해야 할 목표이며 동시에 도리이니라."

장건은 장안대호를 쳐다보며 물었다.

"예전에는 마을을 통째로 없앨 만큼 무서운 시대가 있었다고 들었어요."

"그랬지. 사파와 간악한 마교 놈들이 애꿎은 사람들을 학살하거나 정파에 협력하는 마을을 몰살시켜서 본보기로 삼는 경우도 많았다."

태청진인이 덧붙여 말했다.

"게다가 그들과 싸우던 사형제들이 하나둘 찢겨 죽는 모습을 눈앞에서 지켜본다는 건, 그 슬픔과 분노는 겪어보지 않은 이들은 모르지."

최고수들이 대부분 고개를 끄덕거렸다. 모두가 젊을 적 사파와 마교를 겪고 자란 세대였다.

전진파의 죽림옹도 아련히 그때를 회상했다.

"한창 격전 중일 땐 자고 나면 문파 하나가 사라져 있고 하는 일도 비일비재했지. 언제 죽을지 몰라 항상 품에 유서를 넣어 다니기도 했고."

광동 진가의 청면도객이 단호하게 말했다.

"지금의 평화가 어디에서 비롯되었는가, 누구의 희생을 발판으로 지켜졌는가. 그걸 모르는 놈들은 현재를 누릴 자격도 없다."

팽가의 벽력도도 분통을 터뜨리며 한 마디 했다.

"요즘이야 십대 문파와 오대 세가가 마치 악의 축처럼 여겨지고 있다만, 우리가 없었다면 이제껏 누가 사파를 막고 누가 마교를 막았겠나! 천하오절 중에서도 세 분이 합공하여 겨우 막아 낸 마교의 교주 성광본존(聖光本尊)은 누가 상대했을 것이며, 십 개 문파의 정예 무인 천 명을 홀로 도륙한 사파의 종주(宗主) 패검(覇劍) 무남천은 우내십존이 아니었으면 누가 쓰러뜨렸겠는가!"

최근 관부의 정책 때문에 핍박을 당하고 있었기 때문에 최고수들은 가슴에 맺힌 게 많았다. 토로할 기회가 생기자 불만들이 한꺼번에 튀어나왔다.

최고수들의 말도 결코 틀린 말이 아니었다. 꾸준히 절세 고수를 배출해 온 거대 문파의 힘이 없었다면 강호 무림의 평화는 지금처럼 유지되기 힘들었을 터였다.

서가촌에서도 나이든 이들은 예전의 일을 어느 정도 기억하고 있었다. 자라는 내내 같은 얘기를 들어온 양소은이나 백리연 같은 세가의 소녀들도 최고수들의 격정적인 어조에 동의할 수밖에 없었다.

백리연이 한숨을 쉬며 나지막한 소리로 혼잣말을 했다.

"이번엔…… 아무래도 장 소협이 잘못한 거 같아."

아무리 새로운 시대가 찾아온다 해도 지금까지 쏟아부은 그들의 노력을 결코 폄하할 수는 없었다.

하물며 마교와 사파를 없애고 평화의 시대를 가져온 그들의 업적은 강호 무림의 역사를 몽땅 뒤져도 다시 찾아보기 어려울 만큼 대단한 성과였다. 장건이 쉽게 과거로 치부하고 말 그런 일들이 아니었다.

하지만, 장건은 외려 최고수들을 보며 되물었다.

"그래서요?"

장건답지 않은 너무나도 도전적이고 무례한 언사였다.

소녀들마저 놀랐다.

"장 소협!"

최고수들의 얼굴이 눈에 띄게 굳었다.

"네 이놈……."

목소리마저 떨렸다.

장건이 고개를 저으며 말했다.

"아뇨아뇨, 그게 아니라요. 제 말뜻을 오해하신 것 같은데요. 그래서 어쩌냐는 뭐 그런 뜻이 아니고요. 평화를 얻기 위해서 그만큼 노력하셨다는 거잖아요. 그러니까 그다음 얘기가 무엇이냐고요. 그걸 여쭌 거예요."

최고수들은 노려보기만 할 뿐 대답이 없었다. 맞장구치는 것도 불쾌한 심정이었다.

참다못한 공동파의 육망지 고릉이 재촉했다.

"하고 싶은 얘기가 무어냐. 어서 말해 봐라!"

장건이 말을 이었다.

"그러니까, 그렇게 고생하셔서 평화를 얻었잖아요."

평화의 주인 217

"그래."

"할아버지들 덕택에 지금 이렇게 평화가 왔잖아요. 더 이상 자고 나면 누군가 죽어 있는 그런 시대가 아니게 되었잖아요?"

"같은 말을 몇 번이나 하게 하는 게냐!"

장건이 분노하는 최고수들을 말했다.

"근데요. 저는요. 오늘 말고 이제껏 살면서 한 번도 마교와 사파를 본 적도 없어요."

장건은 진실로, 정말 모르겠다는 표정으로 물었다.

"그런데 왜 아직도 모든 사람이 마교를 몰아내는 걸 최고의 대의로 삼아야 하나요? 저는 왜 겪어보지도 못한 마교와 사파를 없애는 걸 제 삶의 목표로 삼아야 하나요?"

순간 정적이 찾아왔다.

이제까지의 정적 중 가장 오래 지속된 정적이었다.

정적을 억지로 끝내야 한다는 강박감이 든 것처럼 무영문의 화룡소 반오가 말했다.

"평화는 누가 거저 주는 것이 아니라 수도 없이 많은 희생을 통해서야 겨우 얻을 수 있는 법이다."

"예. 그렇게 어렵게 얻은 평화요. 그러니까 그걸 그리 어렵게 얻으셨다면서 왜 함부로 부수시냐구요."

장건의 목소리가 높아졌다.

"이곳에서 얼마나 많은 사람들이 즐거워하고 기뻐했는지 아세요? 아침이면 마주치는 분들마다 반갑게 인사를 하구요, 기분 좋게 밭일을 나가셨어요. 한가한 오후가 되면 많은 문사(文士)분들이 그림을 그리고 시를 읊었어요. 물건을 팔려고 좌판을 벌인 분들도 있고 심부름을 하며 돈을 버는 제 또래의 점소이도 있었어요. 모두가 즐거웠는지는 알 수 없지만 다들 평화롭게 살아가고 있었다고요."

장건이 주먹을 꽉 쥐었다.

"말로는 어렵게 찾은 평화라고 하지만 전 그 말씀 못 믿겠어요. 이제껏 찾아오신 분들 중에 여기서 살아가는 사람들의 소소하고 행복한 일상의 평화를 소중하게 생각한 분은 아무도 없었어요. 소리치고 윽박지르고…… 이제는 부수기까지 했죠. 이젠 웃으며 나누는 아침의 인사도, 밭일을 하며 불렀던 흥겨운 노랫소리도 더 이상 들을 수 없게 되었어요. 이게 할아버지들이 말하는 그 어렵게 얻은 평화인가요? 마교와 사파를 없애서 만든 평화와 일상의 평화는 서로 다른 뜻의 평화인가요?"

단목가의 석랑자가 소리 질렀다.

"네가 무얼 안다고 뚫린 입으로 지껄이는 게냐! 우리가 만들어 준 평화인데 우리가 설사 조금의 피해를 주었다 한들 그게 무슨 대수란 말이냐!"

장건은 석랑자를 똑바로 쳐다보았다.

"할아버지들이 만드셨으면 할아버지들이 다시 빼앗아 가도 되는 거예요? 원래 평화가 내 것이 아니고 할아버지들 것이었군요. 그럼 모든 사람들이 평화를 찾으려 애쓸 필요가 없는 거네요? 내 것이 아니니까."

"네 이놈!"

최고수들이 분노했다. 일부는 생각에 잠기기도 한 모습이었으나 그렇다고 장건의 말을 받아들인 것도 아니었다.

"네 녀석의 궤변을 도저히 못 들어주겠구나!"

"그 입을 찢어놓지 않고는 성이 풀리지 않겠다!"

살기가 줄기줄기 뻗었다.

가슴 졸이며 상황을 지켜보던 마을 사람들도, 문하 제자들도 모두가 끔찍할 정도로 살을 에는 살기에 몸을 떨 지경이었다.

백무이고가 다시 중재를 하려 했으나 이미 분위기는 돌이킬 수 없이 기울어져 있었다. 백무이고는 괴로운 한숨을 내뱉고 말았다.

한데 어디선가 돌연 개가 짖었다.

멍!

정말로 뜬금없이 들려온 개소리였다.

어이없이 개 짖는 소리에 일순간 모든 이들의 이목이 소리가 들려온 쪽을 향했다.

어디서 데려왔는지, 상달이 큰 개 한 마리를 끌고 와서 쪼그리고 앉아 있었다. 상달은 개와 얼굴을 마주한 채로 사람에게 말을 걸듯 훈계를 하고 있었다.

"야 이 개새끼야! 아까부터 자꾸 개소리할래?"

상달이 개의 머리통을 쥐어박았다.

딱!

멍!

상달은 개의 주둥이를 붙들고 훈계를 계속했다.

"이 시팔, 아무리 개새끼라도 양심이 있어야지. 그동안 잘 먹고 잘 살았으면 됐지 세상 바뀐 지가 언젠데 아직도 옛날 생각하고 유세를 떨어."

멍! 헥헥!

개는 주둥이를 붙들린 채로 상달의 뺨을 핥으면서 꼬리를 흔들었다.

상달은 여전히 훈계를 계속했다.

"치워, 임마. 막말로 니들이 나 잘살게 해 줄라고 그런 거냐? 지들끼리 잘 먹고 잘 살라고 조그만 동네 개들 못 크게 협잡해서 밥그릇이나 지킨 새끼들이."

최고수들뿐 아니라 장로들의 얼굴까지 붉으락푸르락해졌다.

분위기가 싸늘해진 건 물론이고, 심상치 않은 기운마저 울렁거렸다. 금방이라도 터질 것 같은 혼란스러운 분노가 가득했다.

 그동안 그 누구도 그들의 앞에서 감히 이런 무례한 언사를 던진 적이 없었다. 권위 정도가 아니라 아예 모욕을 당하는 중이었다.

 상달은 불편한 침묵을 그제야 느낀 것처럼 어이쿠! 하고 과장된 몸짓으로 놀라는 척했다.

 "아, 이 개한테 하는 얘깁니다. 개한테 한 말이에요. 요놈이 자꾸 동네 개들을 떼거리를 모아서 조그만 개들한테 못된 짓을 해가지구요, 헤헤. 이 미천한 놈이 어르신들의 심기를 어지럽혔다면 정말 죄송합니다요, 헤헤."

 상달은 넉살좋게도 둘러대더니 슬금슬금 꽁무니를 뺐다.
 "헤헤헤."

 자리에 있는 모든 이들이 그가 누구를 빗대어 한 말인지 알고 있었다. 상황이 상황인데 하필 지금 개한테 훈계를 한다는 게 말이나 되는가!

 하나 개한테 한 말이라고 우기니 대놓고 쫓아가서 패버릴 수도 없는 노릇이라, 최고수들은 울화통이 치밀 따름이었다.

 결국 그 화는 장건에게로 옮겨갔다. 최고수들이 분노의

눈길로 장건을 쳐다보는데 장건이 상달에게 말했다.

"도와주신 건 고맙지만 그럴 필요 없어요, 상달 형. 이건 제 일이에요."

최고수들이 울컥했다. 상달이 애써 개한테 했다고 한 말을 장건이 다시 최고수들로 옮겨 놓은 셈이었다.

상달이 개를 안은 채 머쓱하게 어깨를 으쓱했다.

"아이고, 장 소협 그 무슨 말씀이십니까? 난 그냥 개한테 한 말이라니까요."

최고수들이 분노했다.

"미꾸라지 하나가 물을 흐린다더니, 네놈 하나가 아주 일을 못되게 만드는구나."

"마교 놈보다 먼저 네놈의 입을 막아야 쓰겠다."

최고수들의 말에, 장건은 그들을 보며 조용히 고개를 끄덕였다.

부우웃!

장건의 발밑에서부터 경력이 회오리치며 타고 올랐다. 머리칼이 하늘거리며 떠오르고 옷이 팽팽히 부풀었다.

최고수들은 어이가 없었다.

저 아이는 진심으로 자신들을 상대할 생각인 것이다.

각 문파를 대표하는 고수들, 그리고 장로들까지 팔십 명이 넘는 전부와.

"미치지 않고서야……."

젊은 제자 중의 누군가 얼결에 생각하고 있던 말을 내뱉곤 아차 하며 입을 다물었다.

하지만 가슴에 무언가 뜨거운 게 치밀어 오른다.

홀로 우뚝 서서 각 문파의 고수들을 오시하는 광오한 장건의 모습.

무례하고 생각하는 바도 다르지만, 그것은 젊은 제자들에게는 존경스럽기까지 한 모습이었다.

그들에겐 장건의 왜소한 체구가 더 이상 왜소하게 보이지 않았다…….

장건은 최고수들을 똑바로 주시하며 한 자 한 자 또박또박 말했다.

"아까까지는 몰랐어요. 전 마냥 피하기만 하고 살았거든요. 하지만 이제는요, 제가 무엇을 해야 할지 확실히 알겠어요. 제가 제 힘으로 제 스스로 평화를 찾아야 할 차례인 것 같아요. 할아버지들이 그랬듯이."

최고수들의 눈에 불이 켜졌다.

'할아버지들이 그랬듯'이란 말은 즉, 지금 장건은 최고수들을 과거에 최고수들이 상대했던 마교나 사파에 비유하고 있는 것이 아닌가!

"맹랑한 놈!"

최고수들이 덩달아 내공의 기운을 끌어올렸다.

부우욱!

수십 명이 넘는 고수들이 거의 동시에 내공을 끌어올리자 공기가 요동치고 땅이 흔들렸다.

구우우우우.

군데군데 비가 고인 웅덩이에 파문이 일고 곳곳에서 작은 흙이나 물방울들이 떠오르기까지 했다. 최고수들이 내뿜는 기세에 일부 제자들은 질질 밀려나기도 했다.

드득, 드드득.

땅거죽이 뜯겨지듯 흔들렸다.

이미 마을이 태반은 부서져나간 상태지만 이번엔 아예 폐허가 되어 버릴 것만 같았다.

지독한 분노가 장내를 공포로 몰아넣었다.

융포납강도 예측하지 못한 상황에 처했다는 걸 깨닫고는 공력을 최대한으로 끌어올렸다.

장건과 각 문파의 고수들과 뇌음사의 융포납강이 서로 대치하고 있는 기묘한 일촉즉발의 상황.

주변은 사뭇 긴장되기만 했다.

한데 그때.

청량한 음색의 불호가 대기를 찢고 마치 그물이 퍼지듯 사방을 뒤덮었다.

나무아미타불 관세음보살.

 깊고 정순한 불가의 사자후는 들끓는 기운을 진정시키는 효과가 있다.
 그것이 비록 최고수들의 기세를 완전히 누그러뜨릴 수는 없었으나 팽팽하게 뻗던 살기가 조금은 줄었다.
 최고수들은 크게 동요하지 않고 곁눈질로 불호의 주인을 찾아냈다.
 예상했던 대로 소림사의 신임방장 원호였다.
 원호가 가사를 붙들고 마을 사람들의 사이에서 걸어 나오고 있었다.
 그와 함께 동시에 여기저기에서 불쑥불쑥 민머리의 그림자들이 고개를 내밀고 있었다. 그 수가 족히 수백 명은 되었다. 원호가 소림사의 무승들을 이끌고 급히 서가촌을 찾은 것이다.
 나한들과 원주들은 팔방을 에워싸 포위한 형태를 취하고 있었다.
 각 문파의 제자들과 장로들은 다소 불안한 표정을 지었다. 소림사의 영역에서 소림사에 일언반구의 언질도 없이 큰 소동을 일으켰으니 사실은 강호의 예의에 크게 어긋나는 면이 있었다.

때문에 먼저 인사를 하지도 못하고 어정쩡하게 대치를 할 수밖에 없었다.

하지만 최고수들은 눈 하나 깜짝하지 않았다. 오히려 대놓고 원호를 나무랐다.

"지척에서 마교의 종자가 활개를 치고 다니는데 이제야 알고 온 겐가?"

"소림사가 예전만 못하다더니, 아주 없는 말은 아닌가 보군?"

"그러니까 제자 놈도 저따위로 망발을 하겠지!"

소림 나한들의 눈빛이 강렬해졌다. 최고수들은 마치 자신들이 마교 때문에 와 있는 것이라는 투인데, 그게 말이나 되는가?

소림사를 무시하는 것도 화가 나는데 방장인 원호를 완전히 아랫사람 대하듯 하는 것도 너무나도 불쾌한 일이었다.

원주들과 나한들은 눈에 불을 켜고 최고수들을 노려보았다. 하나 원호의 명령이 없으니 굳이 나서지 않았다. 안에서야 원호에게 대놓고 따지고 불평하고 그럴 수 있어도 밖에서의 원호는 소림사의 최고 존장인 것이다. 그들이 대우해 주지 않으면 다른 사람들에게도 원호가 존중받지 못한다는 걸 잘 알고 있었다.

원호는 최고수들의 도발적인 언사에 바로 응대하지 않고 잠시 기다렸다가 천천히 반장했다.

"여러 선배님들께 인사가 늦었습니다."

의연한 원호의 태도에 최고수들은 인상을 찌푸리고 한 번의 화를 삼켰다.

"일찍이 와 계신 것을 알면서도 찾아뵙지 못했습니다. 본사에 일이 많아 미처 몸을 빼낼 수 없었으니 넓은 마음으로 이해를 부탁드립니다."

각 문파의 장로들도 원호에 대해서는 익히 들은 얘기가 있는지라 원호가 의외로 공손하게 나오자 더 불안해졌다. 장로들은 탐탁찮다는 눈빛으로 심정을 대변했다.

"신임 방장 대사이시구려."

"이쪽이야말로 미리 뵙지 못하여 송구하오."

몇몇 장로들이 겸양의 인사를 건넸다.

최고수들은 코웃음만 칠 뿐, 원호에게 별다른 소개나 인사를 건네지도 않았다. 장건 때문에 크게 심기가 상해 있었다.

사뭇 어색한 분위기가 흘러가는 속에서 무영문의 화룡소 반오가 그나마 침착하게 말했다.

"보다시피 우리는 강호 무림의 공적인 뇌음사의 혈라마

를 상대하고 있네! 하나 귀파의 제자 한 명이 혈라마를 옹호하며 우리의 행사를 방해하고 있으니, 더 이상 문제를 일으키고 싶지 않거든 어서 데려가시게. 인사는 그 후에 나누는 것이 좋겠네."

소림사의 제자란, 당연히 장건을 말하는 것이었다.

원호가 자못 지엄한 목소리로 장건을 보았다.

"이리 오너라."

장건은 억울해서 항변하려 했다.

"방장 사백님!"

"어서 오래도."

평소와 달리 준엄한 말투에 장건은 어쩔 수 없이 기운을 풀고 뭇 원주와 나한들을 이끌고 있는 원호 쪽으로 갔다.

장건이 고개를 푹 숙이고 있는데, 돌연 원호가 따뜻한 목소리로 물었다.

"어디 다친 데는 없느냐?"

장건은 자기가 뭘 잘못 들었나 해서 놀란 눈으로 원호를 올려다보았다.

원호는 태연하게 장건의 머리를 쓰다듬었다.

"자꾸 네게만 짐을 지워서 미안하구나."

"방장…… 사백님?"

그 모습을 보고 있던 각 문파의 장로들은 어이가 없어 했고, 최고수들도 눈썹이 치켜 올라갔다.

원호가 장건을 혼내기 위해 부른 게 아니라, 최고수들의 손에서 빼내 보호하려는 생각으로 빼냈다는 걸 안 것이다.

"나한승들을 이끌고 이곳에 온 이유가 그것이었나?"

"클클클. 재밌다, 재밌어."

"어째서 일개 핏덩이인 제자 놈이 감히 우리에게 대드는가 하였더니 다 그 나물에 그 밥이라 그런 연유가 있었네!"

팽가의 최고수 벽력도가 협박의 어조로 말했다.

"미리 말해두지만, 방장 대사. 후회할 일은 하지 않는 게 좋을 것이야."

원호는 지그시 미소까지 머금었다.

"후회할 일이라니요. 본사가 관리해야 할 곳에서 생겨난 일인데 제가 미처 돌보지 못하여 여러 선배님들께서 수고로이 본사의 일을 대신 맡아주셨으니 응당 감사를 드리려 할 뿐입니다."

"감사는 됐으니 방해나 말게."

"그럴 수야 있겠습니까."

최고수들은 원호의 태도나 말투에서 일이 틀어지고 있음을 직감했다.

원호가 가볍게 손을 젓듯 펼쳐 보이며 말했다.

"소박하나마 본사에 여러 선배님을 모실 준비를 해 두었습니다. 이곳은 저희들께 맡기시고 가서 쉬시는 게 어떨까 합니다."

"허어!"

뭇 장로들과 제자들이 웅성거렸다.

장로들 중 한 명이 노한 얼굴로 소리쳤다.

"방장 대사께서는 다 된 밥에 젓가락 하나 올려 거저 이득을 취할 셈이오이까? 소림사가 언제부터 그런 후안무치한 무뢰배의 집단이 되었소이까!"

"그럴 리가 있겠습니까. 저는 그저 당연한 도리를 할 뿐입니다."

원호의 말에 장로들이 당황했다. 한 문파가 자리한 인근, 즉 문파의 영역으로 인정되는 곳에서 벌어지는 일은 당연히 그 문파의 주도하에 행해져야 마땅하다. 영역 내 문파의 권리를 암묵적으로 인정하는 것이다.

따라서 이제까지 장로들이 저지른 짓과 현재 최고수들이 하고 있는 짓은 분명히 소림사의 권위를 크게 손상시킨 것과 다름이 없었다. 뒤늦게나마 지금이라도 사과하고 소림사에 주동적인 역할을 맡기는 것이 엄연한 강호의 상식이다.

원호는 한 문파의 장문으로서 그 같은 권리를 요구하고 있었다. '당신들이 강호의 도리에 어긋나는 일을 하고 있지, 내가 잘못하고 있는 게 아니다.'라고 꼬집어 말하고 있는 중이다.

 하나 어찌 보면 정파 무림의 내로라하는 고수들, 특히나 한 문파를 대변할 위치에 있는 이들이 모여서 결정한 일이라면 그건 곧 어느 정도는 정파 무림의 공동 연합체가 결정한 것과 다름없는 성격을 띠고 있기도 하였다. 특히나 마교의 절대 고수가 나타난 일이라면 더욱 그러하다.

 그렇다면 일견 원호가 양보해야 하는 면이 없는 것도 아니었다. 서로 간에 존중하고 양보할 부분이 있긴 했다. 물론, 소림사가 지금처럼 쇠락하지 않고 여전히 정파의 기둥인 위치였다면 이런 상황은 생겨나지도 않았을 터였다.

 하나 최고수들은 벌써 장건으로 인해 속이 뒤틀릴 대로 뒤틀린 차였다. 게다가 눈앞에 다 잡은 마교의 거물을 놓치고 싶지도 않았다. 그들 역시 호의적으로 원호를 대할 수가 없었다.

 전진파의 죽림옹이 말했다.

 "내가 굳이 이런 말을 하는 것도 우습겠으나……."

 원호는 다소 무례하다 싶을 정도로 죽림옹의 말을 단칼에 잘랐다.

 "우스울 것 같으면 하지 마십시오."

 "뭣이?"

죽림옹의 얼굴이 씰룩였다.

"나는, 소림사가 이미 대외적인 활동을 포기하였는데 어째서 이제 와 굳이 욕심을 내어 우리를 면박주려 하는가 묻고 싶었네!"

원호는 죽림옹의 말에 웃음기 하나 없이 딱딱하게 답했다.

"욕심이란 말씀은 과분하군요. 마교에는 관심이 없습니다. 하나! 본사가 대외적인 활동을 잠시 멈추었다 하여 본사의 제자가 핍박당하는 것까지 두고 볼 정도는 아닙니다."

소림사의 원주들과 나한들은 그럼 그렇지! 하는 표정이었다.

최고수들이 언성을 높였다.

"귀사의 제자가 무슨 짓을 저질렀는지, 얼마나 얼토당토 않은 궤변으로 본인들의 행사를 방해하고 있는지 알고나 하는 얘긴가!"

원호는 그들에 맞서 당당하게 답했다.

"저는 저의 소임을 다할 뿐이니, 여러 선배들께서는 부디 강호의 웃어른으로서 도리를 다하시기 바랍니다."

강호의 선배로서 도리, 가 아니라 어른으로서의 도리, 라고 하였다. 그 말은 곧 어른으로서의 행동을 하지 못하고 있다는 뜻이 아닌가!

최고수들의 눈에 날이 섰다.

광동 진가의 청면도객이 꾸짖듯 훈계했다.

"젊어서는 호기롭다 칭찬받았을지 몰라도 한 문파의 수장으로서 할 소리는 아닐 것일세!"

"한 문파를 책임진 수장으로 드리는 말씀입니다."

"방장 대사는 자신의 한 치 혓바닥이 내뱉은 한 마디로 인하여 소림사에 어떤 피해를 입을 지 생각하여야 할 것이야!"

단목가의 석랑자도 노기 띤 목소리로 말했다.

"여기 있는 우리들의 힘만으로 오늘 소림사가 역사에서 사라질 수도 있다는 걸 명심하게. 머릿수 몇 채워왔다고 해서 우리를 위협할 수 있다고 생각한 겐가?"

원호가 한걸음 앞으로 나오며 답했다.

"제가 어찌 무력으로 선배들을 핍박하겠습니까. 다만!"

원호가 가슴을 펴고 최고수들을 정면으로 바라보며 말을 이었다.

"그만한 각오도 없이 이 자리에 오진 않았을 거라는 건 말씀드리지요."

여차하면 대적하겠다는 말에 최고수들은 화가 끝까지 치밀었다. 장건에서부터 원호에 이르기까지, 정말로 마음에 들지 않는 터였다.

"오만한 지고!"

분위기가 얼음장같이 차가워졌다. 더 이상 소림사의 체면을 더 봐주기 어렵다는 듯 살기가 흘러나왔다.

사위는 침묵 속에 잠겼다.

우르르릉!

먹구름 사이에서 빛이 일었다.

툭툭 한 방울씩의 비가 떨어진다.

언제까지라도 침묵이 계속될 것 같은 불안함이 감돌았다.

그러나 상황이 더 나빠지길 원하지 않는 아미파의 백무이고가 비를 핑계 삼아 나섰다.

"비가 오려나 봅니다. 우리 모두 잠시 진정할 필요가 있을……."

그 순간.

약속이나 한 것처럼 최고수들의 고개가 일거에 돌아갔다.

화르르륵!

여기저기에서 불길이 치솟았다.

"불이다! 불이야!"

서너 군데에서 시작된 불이 단숨에 십여 채의 전각으로

옮겨 붙었다. 요즘처럼 비가 오고 젖은 상태에서 이렇게 빨리 불이 번진다는 건 있기 어려운 일이었다.

"방화?"

누군가 고의적으로 불을 놓은 것이다!

콰콰쾅!!

게다가 연이은 폭발 소리와 함께 전각과 벽들이 마구 무너져 내렸다.

"으아악!"

"사람 살려!"

마을 사람들이 마구 흩어져 당황하면서 혼잡해졌다.

"적이다!"

"적의 습격이다!"

나한승들과 각 문파의 제자들은 불을 피하느라 경황이 없는 가운데에 갑자기 나타난 붉은 가사의 승려들과 접전을 벌이고 있었다. 승려들의 복장은 융포납강의 것과 매우 흡사했다.

"혈라마다!"

제자 중 한 명이 긴박하게 외쳤다.

불길과 연기, 부서지는 전각 때문에 온통 시야가 가려졌기 때문에 수가 몇이나 되는지는 보이지 않았다.

와르르르.

전각들이 연이어 무너지는 소리가 들려왔다.

"동요하지 말고 자리를 지켜라!"

황보가의 악조수 황보성이 소리쳤으나 소용없었다. 혈라마들의 무공이 대단해서 일반 제자들이 당해 내기가 어려웠다.

원호가 외쳤다.

"나한승들은 마을 분들이 안전하게 대피할 수 있도록 우선적으로 퇴로를 확보하라!"

나한승들은 포위를 풀고 한곳으로 모였다. 혈라마에 대적하기보다 마을 사람들을 지키는 데에 더 주안을 두고 떨어지는 불덩이와 전각의 잔해들을 막았다.

"놈은!"

최고수들이 아차 싶어서 융포납강이 서 있던 지붕을 쳐다보았다. 아직까지 융포납강은 별다른 움직임을 보이고 있지 않았으나 그의 주변으로 연기가 심하게 났다.

젖어 있던 나무들이 타고 있어서인지 유독 연기가 심하게 나며 차차 융포납강의 몸을 가리기 시작했다.

"협공하세!"

"놈이 달아나지 못하도록 막아야 하네!"

최고수들이 일갈하며 융포납강이 선 지붕 위로 뛰어올랐다.

그 와중에도 젊은 제자들의 비명 소리는 간헐적으로 들려왔다.

"으악!"

"컥!"

광동 진가의 청면도객이 잠시 갈등했다가 제자들의 사이로 뛰어들었다. 수많은 사람들이 혼란스럽게 움직이고 있었기 때문에 제대로 기감을 발휘하기 어려웠다.

하지만 괜히 한 문파의 최고수라 불리우는 게 아니었다. 청면도객은 이질감이 느껴지는 공력의 기운을 잠깐 사이에 찾아내고는 조금의 망설임도 없이 연기 사이로 긴 도를 휘둘렀다.

광동 진가의 유성도가 빛살처럼 대기를 갈랐다.

드드득!

톱으로 나무를 베는 듯한 기이한 소음과 함께 연기마저도 반으로 쪼개졌다. 갈라진 연기 사이로 혈라마의 모습이 드러났다. 청면도객의 예상보다도 혈라마는 훨씬 젊어 보였다.

"크윽!"

혈라마의 가슴에서 피가 뿜어져 나왔다. 맨손으로 막으려 했었는지 팔목에도 길게 베인 상처가 있었다.

특이한 호신기공 탓에 치명상은 입히지 못했으나, 그것

은 오히려 청면도객이 노리는 바였다.

"네놈들이 원하는 게 무엇인지 털어놓기 전까지는 죽지도 못할 것이다."

청면도객은 장건에게 당한 모욕을 대신 앙갚음이라도 할 것처럼 눈을 시퍼렇게 뜨고는 혈라마의 양 다리를 단번에 잘라 버리려 도를 들었다.

그 순간 청면도객의 머리 위로 묵직한 장력이 쏟아졌다.

훅!

청면도객은 전신이 짓눌린 듯한 무게감에 대경했다. 도를 들지 않은 왼손으로 위를 향해 마주 장을 뻗었다.

장력을 부딪쳐서 밀어내려는 생각이었는데, 상대의 장력이 자신의 장력을 뚫고 들어왔다.

펑!

북 찢어지는 소리와 함께 청면도객은 피를 뿜으며 튕겨져 나갔다. 왼팔의 손바닥에서부터 경락을 따라 핏줄들이 까맣게 타고 살이 갈라져 피가 비치고 있었다.

빠직, 빠지직.

아직까지 팔이 경련을 일으키는 것이 마치 벼락을 맞은 것 같았다. 이 뇌전의 힘이 장력을 관통하고 자신의 장심으로 파고든 것이다.

"크으으."

청면도객은 비틀거리며 도로 바닥을 짚고 겨우 섰다. 융포납강이 부상당한 혈라마를 끌고 연기 속으로 숨는 모습이 보였다. 청면도객은 팔의 상처뿐 아니라 내상까지 입어 쫓아갈 수 없었다.

게다가 융포납강이 여기에 있다는 것은 그를 저지하려한 최고수들이 실패했다는 뜻이기도 했다.

"망할. 멍청한 꼬마 놈과 땡중 때문에!"

청면도객은 입가의 피를 닦으며 원망의 목소리로 장건과 원호를 욕했다.

　　　　*　　*　　*

원래 뇌음사의 젊은 라마승들은 몸을 추스르자마자 전력을 다해 융포납강의 뒤를 쫓았다. 다행히도 너무 늦지 않게 서가촌에 도착했으나 그땐 이미 융포납강이 여러 무림인들에게 둘러싸여 있었다.

제아무리 뇌음사에서 실력을 인정받은 라마승들이라 하더라도 겨우 다섯이서 최고수들과 그들의 문파 장로, 제자들 그리고 소림사까지 상대할 수는 없었다.

하여 꾀를 내서 전각들에 불을 지르고 장력으로 부수면서 소란을 피운 것이었다.

"발사라이시어! 어서 존체를 보존하시지요!"

젊은 라마승의 말에 융포납강은 잠깐 갈등의 빛을 보였으나 곧 고개를 저었다.

"해야 할 일이 있다."

"하지만!"

"지금이라면 능히 목적을 이룰 수 있을 것이다."

융포납강의 눈이 서늘하게 살기를 뿜었다.

주위는 여전히 아수라장이었다. 화염이 넘실대는 가운데 지독한 연기 때문에 숨쉬기도 곤란해 많은 이들이 피신한 상태였다.

융포납강은 잠시 어딘가를 지켜보는가 싶더니 젊은 라마승의 만류에도 불구하고 훌쩍 몸을 날렸다.

한데 목표는 장건이 아니라 달아나고 있는 마을 사람들, 그 가운데 멀뚱히 서 있는 소녀들이었다. 융포납강은 상달이나 원호가 나타나기 전부터 소녀들의 시선이 장건에게 가 있는 걸 확인하고 있었다. 소녀들이 어떤 식으로든 장건과 관계가 있다고 짐작할 수 있는 부분이었다.

장건은 방장을 비롯한 소림사의 고수들과 함께 있어서 아무래도 수월하게 제거하기엔 무리가 따랐다. 차라리 이 방법으로 장건을 끌어낼 수 있을 거라고 생각한 것이다.

"꺄아아아!"

하연홍은 눈앞에 피칠을 한 융포납강이 홀연히 나타나자 깜짝 놀라 비명을 질렀다.

"위험해!"

양소은이 봉을 들고 백리연이 칼을 뽑으며 동시에 융포납강을 공격했다. 융포납강은 코웃음을 치며 뿌리치듯 손을 휘저었다.

강력한 경력에 양소은의 봉과 백리연의 칼이 휘말리면서 융포납강의 손아귀에 빨려 들었다. 융포납강이 힘을 주자 봉과 칼날이 동시에 부서졌다.

콰직!

내기가 단전으로부터 무기까지 연결되어 있기 때문에 양소은과 백리연은 순간적으로 몸이 흔들릴 정도의 충격을 받았다. 융포납강은 주저 없이 양소은의 어깨를 걷어차고 백리연의 뺨을 쳤다.

"크흑!"

"아악!"

양소은이 토해 낸 답답한 신음 소리와 백리연의 날카로운 비명 소리가 연기를 뚫고 장건의 귀에까지 가 닿았다.

하연홍의 비명을 들었을 때부터 장건은 이미 달려오는 중이었는데, 둘의 비명을 듣자 마음이 더 급해졌다.

한편으로는 화가 나서 참을 수가 없었다.

자신도 아니고 곁에 있는 소중한 이들을 건드리다니!

가뜩이나 최고수들과의 일로 기분이 나빠져 있던 장건은 완전히 폭발했다.

단전에 응축되어 있던 내공이 봇물처럼 터져 나가면서 전신을 순환했다. 세상이 느릿하게 흘러가는 기분과 함께 솜털 하나하나까지도 느껴질 만큼 생생하게 내공이 퍼지는 게 느껴졌다.

수많은 사람들, 불꽃과 연기. 그 틈 사이를 고도의 신법으로 옷깃도 스치지 않고 통과했다. 장건은 순식간에 소녀들과 융포납강의 앞에 도달했다.

어찌나 속도가 빨랐는지 장건이 도착한 후에야 큰 바람이 일었다.

훅!

장건이 일으킨 바람에 융포납강의 가사자락이 휘날렸다.

아주 잠깐의 순간이었지만 장건과 융포납강이 대치하고 있는 장소의 연기가 깔끔하게 걷혔다.

많은 이들의 시선이 꽂히기에 충분한 시간이었다.

융포납강은 적이 감탄했다. 만일 미리 준비하고 있지 않았다면 허둥대다가 좋은 기회를 놓쳤을 지도 몰랐다.

하나 뇌가기공을 극대로 끌어올리고 이미 만반의 준비를 마친 후였다.

지직, 지직.

눈썹 끝에서 뇌전의 조각들이 튀고 전신의 근육은 팽팽하게 부풀어 올랐다.

그러더니 융포납강은 어느샌가 벌써 주먹을 뻗고 있었다. 장건과의 거리는 반장 여. 충분히 격살할 수 있는 간격이었다.

찌이익!

뇌력의 기운이 담긴 강렬한 권경이 비단을 찢는 것 같은 거친 소리를 내며 장건의 가슴팍을 헤집고 쏘아졌다. 어찌나 권경이 강력한지 주먹이 열 배는 더 커 보였다. 최고수들을 몇이나 쓰러뜨린 뇌력권이었다.

장건도 질세라 주먹을 뻗었다.

전신 근육과 경락을 꼬았다가 풀어내며 한 번에 폭발시키는 강맹한 위력의 금강권!

다만, 장건의 공격은 융포납강보다 조금 늦었다. 뒤늦게 발출하였어도 거의 비슷한 때에 도달할 만큼 빠른 권초였으나, 전신을 뒤틀어야 하는 만큼 아무래도 준비하는 데에 시간이 걸렸다.

융포납강이 가진 위기의 덩어리는 마침 내지르고 있는 주먹의 오른쪽 갈빗대 부근을 지나고 있었다.

장건의 주먹과 융포납강의 주먹이 서로 교차했다.

융포납강은 회심의 미소를 지었다.

장건의 주먹이 짧다!

주먹을 끝까지 뻗었지만 융포납강의 몸체와는 한 뼘이나 떨어졌다. 권풍이라 할지라도 그 정도면 융포납강의 단단한 육체를 뚫기는 어려울 터였다.

그에 반해 융포납강의 주먹은 정확히 장건의 우측 가슴 아랫부분에 꽂혔다.

융포납강의 주먹에 담겨 있던 뇌력의 힘이 장건의 가슴을 통해 내부로 왕창 쏟아졌다.

이제 장건은 갈비뼈가 함몰되고 뇌가기공에 의해 심장이 쪼그라들며 내장 일부가 타 버릴 것이다. 허리와 등뼈는 충격으로 조각조각 나 버릴 게고.

죽지는 않겠지만 겨우 살아남아 말이나 할 수 있을 지경이 되어 버릴 터였다. 그리고 그건 바로 융포납강이 원하던 바였다.

움직이지도 못하고 걸레짝이 된 장건을 훌쩍 들고 달아나는 건 일도 아니었다. 그것으로 융포납강은 소기의 목적을 달성할 수 있게 될 테니 말이다.

한데 융포납강은 뭔가 이상하다는 생각이 들었다.

자기가 뇌력의 힘을 장건의 몸에 처넣은 게 아니라 뇌력이 빨려간 듯한 괴이한 감각이었다. 게다가 장건을 충분히 타격했다는 느낌이 들지도 않았다. 어딘가 모르게 '출렁!' 하고 장건의 몸이 부드럽게 흔들려 타격이 불충분했던 것 같은 찝찝한 기분이었다.

어쨌거나 뇌력권을 그대로 받고도 멀쩡할 리는 없을 터.

이대로 장건의 뒷목을 잡아 달아나면 그만이었다.

하지만.

융포납강은 섣불리 움직일 수가 없었다. 아니, 전신이 마비된 듯 경직되었다.

어디선가 쩌억! 하고 갈라지는 소리가 들려왔다.

금강권 이중첩!

장건의 금강권이 융포납강의 위기 덩어리를 정확히 타격한 것이다.

커다란 종 안에 숨어 있는데 누군가 밖에서 종을 친 것처럼, 융포납강은 짧은 순간에 거의 수백 번이나 몸이 진동했다. 옆구리 즈음에서 시작된 파동의 충격이 융포납강의 정신을 아득하게 만들었다.

* * *

한편 장건은 융포납강의 공격을 받으면서 머리카락이 쭈뼛 솟았다.

이런 느낌은 이전에도 한 번 느껴 본 적이 있었다.

'죽는다.'

자글자글.

융포납강의 주먹이 직격한 가슴의 옷자락들이 타고 있었다. 품에 넣어 두었던 각서들에 불이 붙어서 재와 불똥이 휘날린다.

후끈한 기운, 마치 수만 마리의 벌레가 살을 뜯어먹듯이 몸을 파고든다.

태극경으로 일단 충격을 최대한 흘리고, 공력은 끄트머리를 붙들어 함부로 심장까지 들지 못하게 차단했다.

몸 안에 들어온 융포납강의 공력을 이리저리 흔들어서 기운을 분산하며 유도하여 당장에 큰 부상은 면했지만 뇌가기공의 공력 양이 워낙 많아서 완전한 제어는 쉽지 않았다. 흘리지 못한 공력이 장건의 근육과 혈도를 파괴하며 전진해 온다.

장건이 생전 처음 느껴보는 이질적이고 어마어마한 기운이었다. 몸이 파괴되는 속도는 늦췄어도 이대로 지속되면 버틸 길이 없다. 눈앞의 위기만 모면한 꼴이다.

전력을 다해 막아도 살아남을 수 있는 확률이 오 할이나 될까?

 그럼에도 불구하고 장건은 스스로 무척이나 차분하다는 걸 깨닫고는 놀라웠다. 흥분해서 미칠 듯 화가 나지만 그러면서도 머리는 차가워졌다.

 죽을까 무서워서 전전긍긍하는 게 아니라 어떻게 하면 저 처음 보는 막대한 권경을 막아 내고 상대를 쓰러뜨릴 수 있을까를 궁리하고 있는 것이다. 성공했을 때의 희열을 기대하면서!

 장건은 죽음을 눈앞에 두고도 그 같은 상황을 즐기고 있는 자신의 모습에 소름이 다 끼쳤다.

 자기 자신이 자기가 아닌 기분이었다.

 무공에 대한 즐거움이 그 어떤 것보다도 최우선이라니.

 윤리나 도덕보다도, 심지어는 죽음보다도…….

 장건은 요즘 자꾸만 자기를 두렵게 만드는 불안감의 실체를 깨달았다.

 언젠가 이대로 시간이 흐르다보면 장건도 저 장로나 최고수들처럼 무공의 광기에 휘말려 평범한 사람으로서의 기준을 잃게 될까 봐…… 사람 사이의 관계나 소소한 일상보다도 무공을 더 탐하게 되어 자기 자신을 잃게 될까 봐…….

 장건은 그게 두려웠던 것이다.

'그렇게 되고 싶지 않아!'

장건은 속으로 크게 절규와도 같은 외침을 질렀다.

지금 이대로 더 이상 변하지 않고 나이를 먹어가게 되면 얼마나 좋을까…….

하지만 그런 일은 있을 수 없다는 걸 장건은 알고 있었다.

사람은 변한다. 나이를 먹으면서 변한다.

당장에 장건만 해도 무공에 눈을 뜨면서 그 전과는 비교할 수 없이 달라졌고, 가까이에서는 굉목도 그랬다.

원호 또한 마찬가지였다. 원호는 처음에 장건을 미워하고 홀대하였으나 지금은 누구보다도 든든한 후원자가 되었다. 사람이 변하지 않는다면 불가능한 일이었을 터였다.

그래서 장건은 은연중에 자기의 미래 모습을 저들과 겹쳐 생각하면서 겁을 냈던 것이다. 지금 자기가 싫어하는 모습 그대로 자신이 그렇게 될까 봐…….

미래에 대한 두려움, 미래 자신의 모습에 대한 두려움.

어른이 되어 가는 게 싫다는 생각이 들었다. 무심결에 이대로 죽으면 어떨까 하는 생각도 했다. 이만한 권경이면 큰 고통도 없이 고민하고 갈등하는 자신을 편하게 만들어 줄 수 있을지도…… 하는 생각이 든다.

그러나 그건 당연히 생각에서만 그칠 뿐이다.

'내가 어떻게 이제까지 살아남았는데?'

장건은 끔찍했던 지난날, 배가 고파서 하루하루 연명했던 시간들을 잊지 않고 있다. 그렇게까지 해서 살아왔는데 이제 와서 쉽게 죽을 수는 없는 노릇이었다.

지금이야 눈치가 보이니 그럴 수 없지만, 뭣보다도 집에 가면 먹고 싶은 것들이 한가득이다.

그런 생각들이 머리를 스쳐 가니 장건은 배가 고파졌다. 이런 심각한 상황에 배가 고프다는 건 말이 안 된다는 걸 알지만 몸에서 그렇게 느끼는 데 어쩌랴!

장건은 파고드는 뇌가기공의 공력에 고통스러워하며 속으로 외쳤다.

'배고파!'

신기하게도, 그런 생각이 든 순간 태극경을 운용하기가 한결 수월해졌다.

뇌가기공의 공력 양이 확 줄었다. 거의 반 정도는 줄어든 듯했다.

동시에 막힌 물길이 열린 것처럼, 아니 좁은 물길이 넓어진 것처럼 장건의 혈도가 넓혀졌다.

뇌가기공의 공력이 한순간 넓어진 장건의 혈도를 퍼져 나갔다. 배에 탑승한 승객이 과도하면 배가 나아가지 못하고 가라앉지만 적당하면 어려움 없이 잘 나아가는 것처럼 뇌가기공의 공력은 장건의 넓은 혈도를 손상시키지 못하고 장건이 인도하는 대로 무던히 흐르기만 했다.

뇌가기공의 공력은 점차 양이 더 적어져갔다. 장건의 몸 안에서 저절로 소실되고 있다는 게 정확한 표현이었다.

장건은 뇌가기공의 잔여 공력을 발밑으로 보내 땅으로 쏘아내고 나머지는 모공을 통해 배출했다.

꽝!

장건을 중심으로 엄청난 폭발과 분진이 휘날렸다. 발밑의 땅은 폭발해서 푹 꺼졌고, 전신 모공에서 배출한 뇌가기공의 공력은 세찬 바람으로 화해 사방으로 뿜어졌다.

장건은 굉장히 오랜 시간을 생각하고 고민했다 여겼으나 실제로는 융포납강이 금강권에 직격당한 거의 직후였다.

융포납강은 장건으로부터 거의 이 장이 넘게 밀려났다. 단전에 머물던 뇌가기공이 흩어지고 몸은 자꾸만 바닥에 처박히려 했다.

"크으윽!"

융포납강이 비틀거리는 몸을 겨우 추스르며 믿을 수 없다는 눈으로 장건을 쳐다보았다.

금강불괴에 가까운 자신의 몸이 이토록 엄청난 타격을

받다니!

 장건이라고 아주 무사한 건 아니었다. 가슴팍의 옷이 시커멓게 그을리고 뇌전이 혈도를 따라 올라가며 근처 핏줄을 태운 흔적이 고스란히 남아 있었다. 근육이 찢어지고 내상도 입었다.

 하지만 장건은 이전에, 그러니까 백귀살의 백령무의귀천공을 상대했을 때보다는 충격을 덜 받았다.

 최고수들도 감당하기 힘들었던 융포납강의 뇌가기공을 장건이 받아낸 것이다. 장건이 보기에도 뇌가기공이 백령무의귀천공보다 약한 것 같지는 않았는데도 그러하다.

 장건은 주먹을 쥐었다 폈다 해 보았다.

 그간 그렇게 뚜렷하게 인식하지 못했던 사실을 깨달았다.

 '나…… 강해진 건가?'

 백령무의귀천공의 공력을 일부 흡수해서 내공이 깊어졌고, 연이은 고수들과의 대결로 실전경험까지 쌓였다. 되짚어 보니 태극경 운용의 묘도 깊어졌다. 아무리 술에 취해서였다지만 지난번엔 장로들을 상대로도 그리 어려웠다는 기분은 들지 않았던 게 그런 이유였다.

 장건이 스스로 명확하게 자각하지 못하고 있었던 것뿐이었다.

지금도 분명히 가공할 공력을 받았는데 의외로 피해가 적었다. 백령무의귀천공을 받을 땐 온몸의 뼈가 바스러질 지경이었는데…….

부상을 입었지만 아직도 싸울 수 있을 만큼의 여력이 남아 있었다.

장건은 고개를 들어 융포납강을 보았다. 융포납강의 일그러진 표정에서 당황함이 엿보였다.

장건은 다시 시선을 돌려 소녀들 쪽을 살폈다.

융포납강에게 공격을 당했던 양소은과 백리연은 별다른 이상이 없어 보였다. 양소은과 백리연이 괜찮다는 투로 눈짓을 했다.

장건은 그제야 안심했다. 천천히 호흡을 가다듬고 다시 한 번 공력을 끌어 올렸다.

구우우우!

발밑에서부터 바람이 일고 머리카락이 떠오르며 옷이 부풀었다. 가슴이 욱신거리고 쑤셔왔지만 참을 만했다.

융포납강의 상태도 최악은 아니었다. 금강권 이중첩으로도 융포납강의 위기를 완전히 파괴하진 못했다. 반쯤 부서진 정도였다. 싸우자면 그도 싸울 수 있었다.

하지만 장건이 내공을 일으킨 걸 본 융포납강은 오히려 표정이 차분해졌다. 일그러진 얼굴이 담담하게 돌아왔다.

지금으로선, 아니 조금 어이없는 일일지도 모르나 혹시나 일대 일의 상황이 되더라도 장건을 자신이 어쩔 수 없다는 걸 깨달은 것이다.

뇌가기공을 극대로 펼쳐서 뻗은 일권을 몸으로 받고 멀쩡한 상대를 어떻게 쓰러뜨리겠는가.

융포납강은 그래서 오히려 좀 더 쉽게 포기할 수 있었다.

이번 대에서의 복수는 끝났다. 뇌음사의 개입도 여기까지다. 뇌음사 최고의 고수인 자신도 어쩌지 못한 장건을 뇌음사의 다른 라마들이 어떻게 당해내겠는가.

융포납강은 허리를 곧게 펴고는 장건을 마주 보았다.

시선이 마주치며 아주 잠시간의 시간이 흐르고 융포납강이 장건에게 천천히 고개를 끄덕여 보이더니 손바닥을 가슴에서 앞으로 내보이는 시무외인의 수인을 맺었다.

장건은 그게 뇌음사의 예법이란 건 몰랐지만 융포납강의 모습에서 경건함과 존중의 의미를 읽을 수 있었다.

장건으로서도 이런 경우는 처음인지라 어떻게 해야 할지 망설여졌다. 장건은 가만히 융포납강을 보다가 합장했다. 아무런 대화도 약속도 없었지만 왜인지 융포납강을 다시 볼 일이 없을 것 같은 생각이 들었다.

이내 융포납강은 조용히 연기 속으로 몸을 감추었다.

지금의 일을 장내에 있던 이들, 모두는 아니었지만 근처에 있던 대부분의 이들이 똑똑히 지켜보았다.

 최고수들 수십이 쫓았어도 어쩌지 못한 융포납강과 장건이 일초의 권식을 나누었고, 서로를 인정했다.

 눈으로 보았어도 도저히 믿을 수 없는 광경이었다.

 쏴아아아!

 한두 방울씩 떨어지던 빗방울이 마침내 소나기가 되어 시원하게 퍼붓기 시작했다.

 전각들에 붙었던 불이 꺼져가고 연기도 잦아들어 간다.

 내리는 비에 뒤늦게 정신을 차린 장로들이 아우성 비슷한 소리를 질렀다.

 "혈라마를 잡아야 한다!"

 "어서 저자를 뒤쫓지 않고 무엇들 하는 거냐!"

 장로들이 난리를 치자 제자들이 어쩔 수 없이 움직이려 했다.

 그러나 그들의 앞을 원주와 나한승들이 가로막았다. 원호의 손짓에 의해서였다.

 장로들이 항의했다.

 "이게 무슨 짓이요!"

 보륜각주 원용이 여전히 막아선 채 말했다.

 "시무외인은 서장에서 극대의 존경심을 표하는 인사법입니다. 거기에 본사의 제자가 마주 예를 표하였으니, 뒤를 쫓는 것은 예의에 어긋나는 일입니다."

"한낱 마교 놈에게 무슨 예의란 말인가!"

"정녕 소림사가 강호의 도의를 어지럽히고 마교의 무리를 감싸겠다는 뜻인가!"

"수십 년 만에 마교의 무리가 모습을 드러낸 것이오! 강호 무림이 바람 앞의 촛불처럼 위태롭단 말이오!"

장로들이 분분히 날뛰는데, 이를 지켜보던 남궁가의 창천이로가 한 마디씩을 했다.

"그만들 둬라."

"꼴사납다."

장로들의 얼굴이 붉어졌다.

"제아무리 창천이로라 하더라도 하실 말씀이 있고 아닌 말씀이 있는 거외다!"

창천이로 중의 강노가 씁쓸하게 고개를 저었다.

"무인으로서 이미 서로를 존중하고 물러섰는데, 이제사 우리가 그 뒤를 쫓아서 뭘 어쩌겠다는 것인고?"

만노도 혀를 차며 보란 듯 시선을 장건에게 주었다.

"우리가 쫓는 대도 저 녀석이 막을 터인데, 저 녀석을 뚫고 지나갈 수 있을 것 같으면 그리들 하게나."

그 말에 장로들이 장건을 쳐다보았다.

장건은 무심한 듯 장로들을 바라보고 있었으나 표정은

더없이 싸늘했다.

투투투툭.

옷이 팽팽히 부풀어서 빗물을 온통 잘게 튕겨 내고 있는데, 그것이 마치 싸움을 준비하는 것처럼 보였다. 정말로 만노의 말처럼 장로들을 막아설까는 알 수 없었지만 만일 막는다고 하면 지금 장로들 중에는 장건을 넘을 수 있는 이가 없었다.

장건은 짧게 말했다.

"다시 오지 않으실 거예요. 그 마교의 스님."

"그걸 네가 어찌 아느냐!"

"설명할 수 없지만 느낌이 그랬어요. 작별 인사를 하는 것 같았거든요."

장로들은 끙 하고 신음만 내뱉을 수밖에 없었.

이제 사태는 거의 진정되었고 상황도 소강상태에 이르렀다.

백무이고가 탄식하듯 말했다.

"언제까지 빗속에서 서 있을 것이요? 이제 그만 정리합시다. 마교가 다시 나타났으니 다시 오든 안 오든 대책도 마련해야 할 것이오."

그 말에 입을 연 것은 형산파의 북무선생이었다.

북무선생은 원호를 보고 낮은 어조로, 하지만 똑똑히 말했다.

"오늘의 일, 잊지 않을 것이오. 소림사는 언젠가 대가를 치르게 되겠지."

원호가 한걸음을 나와 정중히 반장하며 답했다.

"기다리겠습니다."

"크흠!"

북무선생이 불쾌한 표정으로 장포를 펄럭이며 형산파의 제자들을 이끌고 장내를 떠났다.

이어 팽가의 벽력도도 팽가의 제자들과 떠나려다가 원호의 앞에 들렀다.

"끝난 건 끝난 것이지만 물어볼 게 있네."

"하문하시지요."

"이번 일, 방장 대사의 생각이었는가?"

"그러합니다."

벽력도의 눈썹이 꿈틀거렸다.

"제아무리 방장 대사라도 마교도의 난입까지는 예상하지 못했을 터이니, 어쨌든 간에 소림소마를 부각시키려는 방장 대사의 의도는 충분히 성공한 것 같군."

벽력도가 말한 건 장건이 각 문파의 인물들을 불러 각서를 받은 일을 말했으나, 원호는 그 전에 자신이 서신을 보낸 일을 말하는 것으로 생각한 대답이었다.

벽력도의 방금 말로 서로 오해가 있다는 걸 알았으나 원호는 더 첨언하지 않기로 했다.

벽력도가 지나가고 전진파의 죽림옹이 원호를 대하고 말했다.

"소림사를 우습게보지 말라는 경고는 잘 받았네. 받은 것은 잘 가지고 있다가 후에 돌려주도록 하지."

아마도 최고수들은 지금까지 벌어진 일련의 사건들이 원호가 장건의 실력을 드러내도록 꾸민 일이라 여긴 모양이었다. 소림사의 힘이 쇠약해졌어도 장건이란 인재가 있음을 대외적으로 알리려 했다 생각한 것이다.

벽력도와 죽림옹이 원호와 나눈 대화를 지켜보던 다른 최고수들은 고개를 설레설레 젓거나 미간을 찌푸리거나 했다. 그러곤 내키지 않는 표정으로 제자들을 끌고 떠나가기 시작했다.

원호는 떠나는 이들의 뒷모습을 보며 나지막하게 한숨을 쉬었다.

저들이 이쯤에서 물러서준 것이 천만다행이었다. 소림사로서는 오늘 큰 위기를 넘긴 셈이다.

하나 이것이 끝이라고는 생각할 수 없었다. 무인이라면 무인의 자존심이 있는 터, 그들의 자존심을 이만큼이나 긁어놓았으니 조만간 무슨 일이든 생겨도 이상하지 않을 터였다.

소림사는 강호 무림에서 계속해서 따돌림을 당할 것이고……

원호는 장건을 쳐다보았다.

장건은 부서지고 불타 폐허가 된 전각들, 엉망이 된 마을을 보고 있었다. 마을 사람들도 허망한 듯 장건처럼 부서진 잔해들을 가만히 지켜 서 보고 있다.

원호는 잠깐 장건을 보고 있다가 하늘을 향해 고개를 들었다.

툭 툭.

빗발은 듬성듬성 하다가 그사이에 멈추었다.

어느새 장마와 함께 여름도 끝나가고 있었다.

하지만 소림사는 아직 아홉 번의 여름을 더 맞이해야만 햇볕을 볼 수 있을 것이었다…….

제7장

아직도 안 끝났어?

감숙성 난주의 백탑산(白塔山).

울창한 산중에는 여러 채의 사찰이 자리하고 산 아래로는 넓은 황하가 유유히 흐르고 있다.

황하의 반대편에는 강을 따라 넓은 관도가 있는데 서역으로 통하는 무역로라 그런지 제법 많은 사람들과 물자를 실은 수레들이 오간다.

휘이잉!

짙은 황사가 불어왔다.

사막에서 몰려오는 이 지독한 황사는 가을까지 내내 불어와 감숙을 비롯한 서북 지방을 온통 뒤덮고 황토고원(黃

土高原)을 만들어 내기까지 했다.

늘 익숙한 길을 오가는 상인들이지만 고역스럽기는 마찬가지다. 상인과 여행객들은 눈만 내놓고 코와 입을 꽁꽁 싸맨 채 말없이 길을 재촉하고 있었다.

한데 무슨 일이 생긴 것인지, 갑작스레 수레와 사람들이 약속이라도 한 듯 좌우로 갈라지기 시작했다.

맞은편에서 역시 포두건(包頭巾)으로 얼굴을 칭칭 감은 대여섯 명의 인물들이 걸어오고 있었던 것이다.

하나같이 안광이 형형하고 발걸음이 가벼운 것이 상당한 수준의 무인들로 보였다. 그들이 그저 단순한 무인들이라면 상인들 중에도 호위무사를 대동한 이들이 많으니 굳이 비켜갈 이유가 없다.

한 명이 적어도 두 자루 이상의 칼을 차고 있는 특이한 모습.

가장 앞서 걷는 자의 허리춤에 꽂힌 본(本)이라 쓰인 작은 깃발.

그것이 상인들을 흠칫하고 비켜나게 만들었다.

강호에서는 보기 힘드나, 서역을 오가는 상인들이라면 모르려야 모를 수가 없는 이들.

바로 신강의 유력 단체인 야율본이었다.

야율본은 강대한 무력을 가진 집단인데 강호로 비유하자

면 문파보다는 무림세가(武林勢家)에 가깝다. 몰락한 왕족으로, 멸족의 위기를 겪으면서 살아남은 야율가(耶律家)의 후손들이 강한 힘을 열망하며 세운 집단이다.

멸족당할 뻔했던 과거의 원한이야 왕조가 몇 번을 바뀐 지금에 와서는 흐릿하게 바랬으나, 그렇다고 본래 살던 곳으로 돌아가고 싶은 마음까지 사라진 것은 아니었다.

하여 야율본은 때때로 서장 세력과 함께 강호 무림을 침략했고, 이 때문에 강호 무림에서는 야율본을 북해빙궁이나 마교와 비슷한 적대적 세력으로 인식하고 있었다. 그러면서도 무역을 위해서는 신강을 장악한 야율본의 도움을 얻어야 했기에, 강호 무림으로서도 어쩔 수 없이 지속적인 교류는 하고 있는 형국이었다.

그래도 그동안은 우내십존의 시절 강호 무림의 위세가 천하를 떨쳐 야율본도 함부로 중원을 넘보지 못했는데, 그런 야율본의 무인들이 갑작스레 신강을 넘어서 강호에 나타났으니 상인들이 놀라 피할 수밖에 없는 노릇이었다.

휘이이이!

다시 한 번 텁텁한 황사 바람이 불어왔다.

사방 가득한 황사바람에 짜증이 났는지 야율본 무인들의 대열 중간에 있던 한 명이 인상을 찌푸리며 말했다.

"중원이라고 더 나은 것도 없군요, 형님."

선두에 서 있던 이가 걸음을 멈추었다. 다른 이들과 달리 유독 일곱 자루나 되는 칼을 양옆으로 차고 등에까지 짊어진 이었다.

그가 멈추자 뒤따르던 이들도 함께 자리에 멈춰 섰다.

선두에 있던 이가 뒤를 돌아보며 말했다.

"야율적. 모르는 소리 하지 마라. 우리가 이 땅을 다시 밟는 데 몇 년이 걸렸는지 아느냐."

"중원에서 밀려나 탑극랍마간(塔克拉瑪干)의 광활한 사막을 건넌지 삼백 년. 몰라서 하는 소리가 아닙니다, 형님."

야율적이 맏형, 야율호기를 보며 말을 이었다.

"하지만 이 모자란 소제(小弟)는 과연 이번 일이 우리에게 이익이 될는지 의문입니다."

"말해 봐라."

"이번 일에 우리는 직계와 방계를 포함해 천 명의 고수를 지원하기로 했습니다. 적은 인원이 아닙니다. 그에 드는 비용이나 위험도 만만치 않습니다. 자칫 그 병력이 잘못되기라도 하면 신강에서 본의 기반이 흔들리게 됩니다."

"왜 잘못될 거라고 생각하느냐?"

"본래 저희는 태을문을 치고 그 대가로 섬서 지역 일부를 넘겨받기로 하지 않았습니까. 한데 첩자들의 보고에 따르면 이미 중소문파 연합 쪽은 거의 북해빙궁이 장악하고 있는 거나 다름없다고 합니다. 그런 상황에서 태을문을 아직까지 제압하고 있지 못하고 있다는 건, 뭔가 미심쩍습니다 형님."

야율호기가 수긍했다.

"네 말이 맞다. 아마도 그들은 우리를 귀찮은 일에 부려먹을 칼받이로나 쓰려는 것일 게다."

"그런 위험을 아시면서도 이번 일을 찬성하신 겁니까?"

"본(本)의 무사들은 백 년을 참았다. 이번은 우리가 다시 한 번 중원에 자리 잡을 수 있는 좋은 기회다."

"얻을 것에 비해 잃는 것이 큽니다."

야율호기는 대답 없이 야율적을 쳐다보았다. 얼굴을 온통 가린 채여서 웃는지 어떤 표정인지는 알 수 없었다.

"왜 내가 선발대를 꾸려 급히 나섰겠느냐."

"그건……."

"뇌음사보다 빨리 주도권을 잡기 위해서다."

야율적의 대답을 기다리지 않고 답을 말해 버린 야율호기가 다시 물었다.

"뇌음사보다 빨라야 할 일이 뭐가 있겠느냐."

야율적은 이번에도 대답하지 못하고 고개를 갸우뚱했다. 이번에도 야율호기가 기다리지 않고 말했다.

"소림사에 소림소마라는 자가 있다고 한다."

"네?"

"오래전 단신으로 북해빙궁을 초토화시켰던 바로 그 문각 선승의 전승자다. 첩보에 의하면 북해가 전승자의 무공에 꼼짝도 못한다고 하더구나."

"그렇다면 설마……."

"우리가 친다."

야율호기의 눈이 매섭게 빛났다.

"우리가 소림소마를 손에 넣을 수 있다면 북해빙궁을 마음대로 할 수도 있게 될 거다. 북해빙궁이 아니라 우리가 북해빙궁의 위에 설 것이다."

그런데 그때 조롱하는 투의 목소리가 들려왔다.

"글쎄. 과연 그럴 수 있을까?"

야율적을 비롯한 야율본의 무사들이 앞으로 나섰다.

"웬 놈이냐!"

방갓을 쓴 자그마한 체구의 노인과 헌헌한 청년이 그들의 앞을 가로막고 있었다.

방갓으로 얼굴을 반쯤 가린 노인이 웃으며 물었다.

"그래. 뇌음사보다 먼저 소림소마를 잡으러 가시겠다고?"

야율적이 소리쳤다.

"우리가 야율본에서 온 걸 알고도 길을 막고 있는가! 죽고 싶지 않으면 꺼져!"

"클클클."

노인이 웃었다.

"나야 그저 자네들이 헛걸음하지 않도록 작은 친절을 베풀려 했을 뿐이라네."

"뭣?"

야율호기가 물었다.

"설마 뇌음사가 선수를 쳤다는 뜻인가?"

"그랬다는 소문이 있긴 하더라고."

"뭣이?"

야율적이 화를 내며 칼을 뽑아 들었다.

"네놈들! 대체 무슨 수작질이야!"

"클클클. 그렇게 원하니 알려주지. 자네들의 여정은 여기까지일세."

노인이 방갓을 슬쩍 들어 올렸다.

방갓아래 눈동자에서 핏빛 광채가 새어 나왔다.

야율본의 무사들이 노인의 혈광 어린 눈을 보고 흠칫했다.

"무, 무슨 눈빛이……!"

노인이 혈광을 내뿜으며 말했다. 물론 그것은 야율본을 향해서 한 말은 아니었다.

"자, 문주. 마음껏 솜씨를 뽐내보시게. 뇌음사는 놓쳤지만 야율본이라면 문주의 실력을 시험하기에 아주 좋은 상대일 걸세."

"맡겨두시오."

스르렁!

천룡검문의 문주 고현이 천룡검을 뽑아 들며 앞으로 나섰다.

* * *

강호의 소문은 발이 아니라 날개가 달린 것처럼 퍼져 나갔다.

거대 문파의 나이든 장로들이 땡깡을 부리다가 장건에게 혼나서 쫓겨났다는 얘기, 내로라하는 최고수들도 쩔쩔매던 혈라마를 장건이 일권으로 패퇴시켰다는 얘기.

실제로는 그 정도 얘기가 가장 많았으나, 간혹 여러 갈래의 이야기에 허풍이 덧붙여져서 '마교가 강호를 침범하려고 간을 보다가 혼쭐이 나서 장건에게 오체투지로 예를 표하고 돌아갔다'는 괴상한 얘기 같은 것도 돌았다.

그러나 그 얘기가 단순히 거짓말 정도로 치부되지 않은 것은 서가촌의 반대쪽에서 벌어진 감숙성의 사건 때문이었다.

신강 최강의 집단인 야율본의 정예 고수들이 현 강호에서 가장 주목받는 인물 중 한 명인 고현에게 패해 돌아간 것이다.

그것도 압도적으로!

야율본의 후계자인 야율호기와 야율적은 고현의 손에 무려 스무 개가 넘는 검이 박살 나며 처참하게 패했다.

사마외도의 대표적인 두 집단인 뇌음사와 야율본이 장건과 고현에게 각각 패함으로써 강호는 젊은 피가 일으킨 새로운 바람에 술렁일 수밖에 없었다.

더구나 장건에게 십대 문파와 오대 세가의 고수들이 창피를 당한 일은 때마침 부흥하고 있는 중소문파들의 성장세와 맞물려서 더 많이 사람들의 입에서 회자되었다.

모처럼 들려온 이 재미난 소식들이 뭇 호사가들을 즐겁게 만들었으나, 그게 그리 달갑지만은 않은 이도 있었으니.

바로 북해빙궁의 야용비였다.

야용비는 크게 화를 냈다.

"멍청한 것들! 그래서 섣불리 움직이지 말라고 몇 번이나 당부를 했는데!"

무림삼분지계에 이용될 뇌음사와 야율본이 너무 빨리 세

상에 드러났다. 본래는 공포의 대상이 되었어야 할 뇌음사와 야율본이었다. 그렇게 허술하게 드러난 것도 모자라서 별 힘도 쓰지 못하고 패퇴하였으니 이용가치가 현저하게 떨어져 버렸다.

더구나 뇌음사는 당분간 강호를 넘보기 어렵겠다고 공식적으로 연락을 해오기까지 했다.

으드득.

"이게 다 전승자 때문이야. 전승자! 역시 기회가 있을 때 없애버렸어야 했어!"

야용비가 화를 참지 못하고 몇 개의 죽간을 집어던졌다.

냉고사가 차분한 목소리로 야용비를 진정시켰다.

"그래도 천룡검문이 더불어 부각된 것은 불행 중 다행스러운 일 아니겠습니까. 전승자와 같은 때에 인구에 회자됨으로써 천룡검문은 순식간에 전승자와 동등한 급으로 인정받게 되었습니다."

"난 그것도 마음에 안 든다고요!"

야용비는 하늘거리는 비단 소매를 물어뜯어 찢었다.

"몰래 돌려보내던가 하라고 했더니 대놓고 자신의 명성을 높이는 데 이용했죠. 그리고 천룡검문은 앞으로 삼분된 무림의 한 축을 이끌 단체의 수장이 되어야 해요. 그런데 그런 자가 소림사의 속가 제자와 동등한 급으로 취급되면 어떻게 되겠어요?"

"흐음. 그것도 그렇군요."

"계획이 자꾸만 틀어지고 있어요. 이제 세외세력을 이용해 강호 무림에 공포심을 불러일으키고, 그것으로 중소문파 연합을 세우려는 계획은 불가능해요. 다른 방법이 필요해요, 다른 방법이……."

야용비는 길게 심호흡을 했다.

"하지만 역시 그 전에 번번이 우릴 방해하고 있는 전승자를 지워 버려야겠죠."

야용비가 붓을 쥐고 천천히 빈 죽간에 글자를 적어 넣었다.

즉살(卽殺)!

황궁으로 보내는 전언이었다.

이 전언이 도착한순간, 모든 상황과 조건들을 차치하고서라도 전승자를 척살하는 것이 최우선 사항이 될 터였다.

* * *

장건의 출근 시간인 이른 새벽.

평소와 달리 수많은 속가 제자들이 나와 있었다.

별다른 일이 있는 것도 아니고 그저 장건을 보기 위해 나온 터였다.

장건을 바라보는 속가 제자들의 눈빛은 초롱초롱했다. 누가 봐도 선망의 눈초리였다.

소왕무와 대팔도 비슷했다. 소왕무가 옛일을 회상하며 감회에 젖었다.

"와…… 내가 예전에 건이 너하고 비무했던 거 맞지? 어째 남의 일 같을까."

대팔이 고개를 끄덕였다.

"그때 왕무가 자기 초식이 안 먹힌다고 징징 짜던 거 기억나네. 그러니까 이런 기억이 없겠지."

"뭐 임마? 아냐. 내가 언제 그랬어?"

소왕무와 대팔이 티격대는 동안 다른 속가 제자 아이들이 장건을 둘러싸고 말을 걸었다.

"나도 너 따라서 거기 중군도독부의 훈련장에 가면 안 될까?"

"그래. 네가 교두니까 우리도 좀 데려가 주라."

장건이 머리를 긁적였다. 물론 기의 가닥으로.

아이들이 '우와' 하고 감탄했다.

장건이 어색하게 웃으면서 대답했다.

"나랏일이라 내가 함부로 결정할 수 있는 일이 아닐 거야. 그리고 거기서는 몇 가지 안 가르쳐서 여기보다 배울

게 없어."

하지만 아이들에게는 장건이 저 높이 멀리에 있는 초고수였다. 장건이 하는 건 뭐든지 배울 게 있을 것 같았다.

"그럼 나중에 내 무공 좀 봐줘."

"나도 나도."

아이들이 서로 먼저라고 난리였다.

"하하, 알았어. 그렇게 할께. 지금은 늦을지도 모르니까 가 봐야 해."

"그래, 잘 다녀와!"

"저녁에 꼭!"

아이들이 손을 흔들거나 합장을 하거나 하며 제각기 장건을 배웅했다.

장건은 진땀을 빼며 부리나케 산문의 계단을 내려갔다.

아이들은 장건의 신묘한 신법을 보고 감탄하는 한편 한숨을 쉬기도 했다.

"건이는 정말 대단하구나. 어떻게 저럴 수 있지? 시작은 우리가 먼저 했는데."

"야, 말도 마. 우리 엄마는 전엔 맨날 걱정된다고 그러더니 요즘은 건이는 저렇게 잘나가는데 나는 뭐하냐고 편지 보내고 그런다."

"나도 집에 가면 혼날 거 같아."

"우리 중에 안 그럴 사람이 있겠냐."

아이들은 저마다 한마디씩 하며 부러운 눈으로 한참이나 장건의 뒷모습을 지켜보았다.

언제 장마였냐는 듯 사방이 화창했다.

서가촌까지 가는 길은 다소 물기에 젖었어도 못 갈 정도는 아니었다.

휙 휙.

장건은 귓가로 바람이 느껴질 만큼 빠른 속도로 뛰고 있었다. 매일 가는 길이라 새로울 것도 없건만 오늘 하루는 다르게 느껴지는 듯했다.

장건은 가슴팍을 여민 옷깃을 슬쩍 들춰보았다.

가슴에는 선명한 주먹의 자국이 시커멓게 남아 있었고, 자국을 중심으로 자줏빛의 불그스름한 선들이 풍성한 나뭇가지처럼 여러 갈래로 나뉘어 뻗어 있었다. 징그럽기도 하고 얼핏 매화나무 같아서 아름답기도 했다.

거의 가슴 한쪽을 다 차지할 정도의 흉터였는데 소림사의 의방에서 하는 말에 따르면 핏줄이 탄 흉터라서 평생 지워지지 않을 수도 있다고 했다.

소녀들은 남자가 흉터 하나쯤은 있어야 한다고 괜찮다고 했지만 흉터가 뇌가기공을 연성한 융포납강의 몸에 생긴 뇌화문과 같은 모양이라는 게 조금 그랬다.

장건도 신경이 쓰였다. 본인으로서야 사는 데 지장이 없으니 그렇지만 어머니가 본다면 기절하실지도 몰랐다. 이미 장건의 몸에는 뇌화문 뿐 아니라 상당한 흉터들이 남아 있으니 말이다.

게다가 그가 남긴 뇌가기공은 아직도 장건의 체내에 남아 있었다. 배출하기 전에 흡수된 양이었다.

장건이 호흡을 고르면서 뇌가기공의 일부를 움직여 검지와 엄지를 마주쳤다.

파칫.

작은 뇌전의 조각들이 일었다.

장건의 단전에는 대환단과 역근경의 내공, 독정이 가장 큰 세를 이루어 있고 거기에 서늘한 기운의 백령무의귀천공도 일부를 차지해 있었다. 한데 또 뇌가기공이라는 새 식구가 입주한 것이다.

본래 서로 다른 기운들은 상성을 일으키거나 한다. 장건의 단전에 있는 기운들도 마찬가지다. 처음엔 부딪치지만 시간이 지나면 서서히 융화되어 이질감이 사라진다. 백령무의귀천공도 이제야 자리를 잡고 있는 중이다.

대체로 작은 기운들은 완전히 흡수되고 이번처럼 큰 기운은 본래의 특성을 유지한 채 독립되어 남는다.

아무리 장건이라도 독물의 도움 없이 독정을 만들어낼 수는 없는 것이고 북해의 한기 속에서 수양되는 백령무의 귀천공의 음한기공을 만들어낼 수는 없다. 그러니까 사용해서 고갈되어 없어지면 다시 만들어지지는 않는 내공이다.

장건은 문득 그 내공들을 제대로 사용할 수 있다 해도 정작 쓰라고 하면 아까워서 쉽게 쓸 수 있을 것 같지 않다는 생각이 들었다.

그러자 '푸핫' 하고 웃음이 나왔다.

장건은 익힌 무공 탓에 무공 수준이 늘면 늘수록 점점 사람들과 달라져 버린다.

스스로도 그것을 자각한지가 좀 되었다.

무공은 재미있었다. 하지만 근심을 안겨주는 골칫덩어리이기도 했다.

어제만 해도 백리연을 비롯한 소저들이 융포납강에게 큰 위협을 받았다. 융포납강이 나쁜 마음을 먹었으면 이미 이 세상 사람이 아니었을 터였다.

장건 때문이다.

장건 때문에 장건의 주위 사람들이 일종의 피해를 보고 있는 것이다.

장건 본인에게 가해지는 위협도 귀찮고 피곤하지만 그래

도 장건은 그걸 이겨 낼 수 있는 힘이 있다.

하지만 그의 주변 사람들은?

가족들은?

소저들은?

그렇다고 장건이 늘 신경을 곤두세우면서 그들의 곁에 붙어 있을 수도 없지 않은가.

"휴우."

장건은 머리가 복잡해졌다.

그냥 좋아하는 무공을 재밌게 배우면 그만이지, 뭐가 이리 복잡한 걸까?

장건은 솔직히 뇌가기공이 가진 내공의 특질을 연구하고 시험해 보고 싶은 마음이 굴뚝같았다. 그런데 무공에 대해 더 파고드는 게 꺼려지기만 했다. 무공은 좋지만 무인이 되기 싫은 게 잘못하는 일인지, 괜한 죄책감이 들었다.

'이대로 집에 돌아가도 잘 적응할 수 있을까?'

장건은 그것도 걱정스러웠다.

이런 고민을 하다 보면 결국에는, '그럼 난 어떻게 해야 하지?' 하는 질문이 튀어나오기 때문에 답도 없이 골치만 아프게 된다.

그나마 다행인 건 당분간은 조용히 지낼 수 있지 않을까 하는 점이었다.

각서가 다 타버려 각서를 받지는 못했지만 어제 그들을 다 내보내긴 했으니 이제 서가촌은 예전처럼…….

주춤.

장건은 돌연 걸음을 멈추었다.

멀리 서가촌의 전경이 보였다.

서가촌은 번화했던 예전과 달리 황폐하기만 했다. 재건 작업을 하려 해도 사람들이 오지 않아 쉽게 이뤄지지 않았다.

사람들이 떠난 서가촌의 거리는 비어 있거나 부서진 채 방치된 건물들만 죽 늘어서 있어 을씨년스러웠다.

불현듯 장건은 꺼림칙한 기분이 들었다.

발을 살짝 들어서 앞으로 걸음을 내디디려 하다가 주춤했다. 앞으로 갈까 말까 괜히 망설여진다.

뭘까. 이 요상한 느낌은?

저 앞에 바로 서가촌의 초입이 보이는데 그사이를 끈적끈적한 거미줄이 앞을 막고 있어서 더 이상 발을 뻗기 어려운 그런 느낌이었다.

앞으로 나아가면 거미줄로 범벅이 되어 버릴 것 같은 기묘한 감.

장건은 내디디려던 발을 내리고 전방을 가만히 주시했다.

평소와 보이는 건 별반 다를 게 없는 풍경인데도 어딘가 모르게 수상한 구석이 있었다.

찜찜하다.

장건은 눈을 감고 숨을 멈추었다. 감각을 극대화시키기 위해 전신 모공에 세밀히 내공을 퍼뜨렸다. 고요히 불어오는 저녁 바람이 솜털을 건드리는 것조차 태풍이 몰아치는 것처럼 강렬하게 느껴질 정도였다.

장건은 한발을 성큼 내디뎠다. 순간 퍼져 있던 거미줄이 장건을 휘감았다. 아니, 휘감으려했다.

장건이 가만히 있자 거미줄이 멈칫거렸다.

촉수처럼 뻗은 거미줄들이 장건을 더듬었다. 전신의 감각이 활성화되어서 거미줄의 끄트머리가 닿는 감촉이 마치 눅눅한 솜덩어리가 늘어붙는 것처럼 느껴졌다.

장건은 태극경을 이용해서 거미줄의 끄트머리를 흘려 냈다. 이제 장건은 태극경을 고도로 집중하여 펼치면 손등 위에 있는 잠자리도 미끄러트릴 수 있었다.

미끄덩.

거미줄이 장건에게 붙지 못하고 부드럽게 밀려 나갔다. 장건은 그제야 편안히 걸음을 걸었다.

사방으로 퍼져 있던 거미줄은 장건을 덮으려 들었으나 장건이 몸에 기름을 바른 듯 술술 지나가는데도 장건을 덮치지 못하고 속절없이 허탕만 쳤다.

 장건은 거미줄이 시작된 곳, 온통 거미줄 천지인 공간의 중심을 향해 걸었다.

 길에서 어느 정도 벗어난 숲.

 유유히 물줄기가 흐르는 강가에 거미줄의 근원지가 있었다.

 한 노인이 밀짚으로 만든 허름한 모자를 쓴 채 길게 낚싯대를 드리우고 앉아 있는 모습이 보였다.

 노인은 장건을 힐끗 돌아보더니 감탄하는 투로 혼잣말을 했다.

 "노부의 투기를 담대하게 받아넘기다니. 지난번 그게 우연은 아니었구나."

 장건은 노인을 가만히 쳐다보았다.

 찰랑.

 낚싯줄이 던져진 냇가의 표면에서 파문이 일었다.

 노인은 자리에서 일어서더니 재빨리 낚싯대를 낚아챘다.

 촤아아!

 커다란 잉어 한 마리가 발버둥을 치며 딸려 올라왔다.

 노인은 헛헛하게 웃으며 잉어를 붙들었다. 그러곤 힘차게 펄떡거리는 잉어의 입에서 바늘을 떼어 주었다.

 "어허, 이런이런. 너는 어찌하여 미끼도 없는 낚싯바늘에 미련하게 낚였느냐. 과욕과 호기심으로 제 앞날을 망치는 것이 마치 우리네 사람살이와 다를 바가 없도다."

노인은 양손으로 잉어를 잡고 물에 놓아 주었다. 첨벙, 물속으로 들어간 잉어는 순식간에 달아났다.

노인은 현기가 느껴지는 표정으로 장건을 돌아보았다.

"너는 내가 왜 기껏 잡은 잉어를 놓아주었는지 궁금하지 않으냐?"

"……."

"취적비취어(取摘非取魚)라, 낚시질을 하는 것은 고기를 얻기 위함이 아니라 낚는 맛과 멋만을 즐기기 위함이니라."

"……."

장건이 아무 말도 없이 빤히 바라보기만 하자 노인은 조금 불쾌했는지 아니면 머쓱했는지 재빨리 다음 말을 이었다.

"먼젓번에는 조금 상황이 좋지 않았었지? 내 너를 기다린 것은……."

그 순간 장건은 노인의 말을 끊고 한숨을 푹 내쉬었다.

"하아…… 또야."

"응?"

낚시하고 있던 노인, 악조수 황보성의 미간이 꿈틀댔다.

"또 라고?"

기대하던 반응이 아니었다. 지극히 귀찮다는 투로 '또야?' 라니?

장건은 거의 울 것 같은 표정을 지었다.

"아직 안 가셨어요?"

지난번에야 자리가 그랬다 치더라도 이리 날 밝은 아침에는 그래도 기분 좋게 인사부터 하고 안부를 여쭤야 후배로서의 정상이 아닌가?

황보성은 기분이 크게 상했다.

"허어! 거참, 맹랑한 녀석이로고."

그러나 장건도 황보성의 기분을 생각할 때가 아니었다. 장건은 표정에 드러난 그대로의 마음이었다.

황보성이 입으로 무슨 말을 해도 장건은 황보성의 속셈이 무엇인지 벌써 파악한 후였다.

겉으로 보기에 황보성은 그저 대화나 할 것처럼 보였지만, 암암리에 공력을 끌어올린 상태이며 사실은 언제라도 손을 쓸 준비가 되어 있었다. 그리고 장건은 안법을 통해 처음부터 그걸 알아채고 있었다.

도대체 또 왜?

지난번에는 그렇게 성질내고 화내고 하더니 왜 또 와서는?

장건은 귀찮고 짜증스러웠다.

이런 일이 싫고 피곤해서 점점 더 무공이, 무인들이 싫어진다.

그냥 말로 하면 안 될까 싶지만, 말? 대화?

그런 게 무림인들에게 통할 리가 없다.

대화가 통했다면 장건이 그렇게 몇 번이고 죽을 고비를 넘길 일도 없었을 테고 장건이 술까지 마셔가며 사고를 칠 일도 없었을 것이다.

입으로 소리를 내뱉는다고 해서 말이 아니고 대화가 아니다. 대화는 서로의 생각을 나누고 이해하는 게 대화다.

시험을 할 요량인지, 단순한 시비인지는 알 수 없으나 지금처럼 무공을 쓸 만반의 준비를 해 놓고 기다리고 있다가 몇 마디 내뱉는 건 대화가 아니다. 조금의 존중도 받을 수 없는 일방적인 통고인데, 그걸 무시했다고 화를 내는 황보성을…… 장건은 이해할 수가 없다.

그냥 싸울까? 이 짜증과 화를 몽땅 풀어버릴 정도로 폭력을 쓸까?

하지만 그랬다가는 장건은 자기가 혐오하는 무인의 양상을 닮아갈 뿐이다.

게다가 황보성은 평범한 실력의 무인도 아니다. 장건이 이제껏 본 무인들 중에서도 굉장히 높은 수준에 속했다.

위기의 덩어리가 지닌 색과 밀도로 볼 때 신창 양지득과 비슷한 정도이다. 그러니까 사실은 장건이 손쉽게 마음대로 할 수 있는 상대도 아닌 것이다.

하여 장건은 마지막으로 비는 마음으로 진심을 담아 말했다.

"죄송한데요. 저 오늘은 진짜 싸울 마음이 안 들거든요. 그러니까 나중에 오시던가 그냥 가시거나 하면 안 될까요?"

그 말이 황보성의 화를 더 부추겼다. 황보성의 눈썹이 치켜 올라갔다.

"이놈 보게? 조금 오냐오냐해 주었더니?"

어디 어린 꼬마 놈이 자신에게 오라 마라 할 수 있단 말인가!

"어린 나이에 작은 성취를 보았다고 눈에 뵈는 것이 없는 모양이로구나! 네가 감히 나를 우롱하려 드느냐!"

화가 난 황보성이 공력을 보란 듯 끌어 올렸다. 옷이 펄럭이며 순식간에 팽팽하게 부풀어 올랐다.

황보성이야 화가 나는 게 자주 있는 일은 아니겠지만 장건은 이미 지난번에 질리게 본 터다. 황보성이 화를 내도 표정의 변화가 없었다.

"고얀 놈!"

피이이이잉!

황보성이 낚싯대를 가볍게 낚아채자 허공에서 낚싯줄이 탄력을 품고 큰 원을 그렸다.

장건이 서 있던 자리에 벼락처럼 낚싯줄이 꽂혔다.

펑!

공력을 잔뜩 품은 낚싯바늘이 지면을 폭발시켰다. 바닥에 아이 머리통만 한 구멍이 생겼다. 공력을 끌어올린 순간부터 낚싯바늘이 꽂히기까지 눈 한 번 깜짝 할 정도의 짧은 시간밖에 걸리지 않았다.

장건은 이미 안법으로 황보성의 위기가 짙어지는 것을 보았다. 공격의 기미를 읽고 있었기 때문에 큰 어려움 없이 공격을 피해 냈다.

"제법!"

황보성이 재차 낚싯대를 휘둘렀다. 낚싯줄이 허공에서 세 갈래로 갈라지며 장건의 전방위를 압박했다. 낚싯줄과 바늘이 그리는 궤적이 일그러진 원형으로 절묘하게 장건을 포박하는 형태를 취했다.

끝이 날카롭게 갈라져 번뜩이는 낚싯바늘도 무시무시했으나 어둠 속에서 거의 보이지 않는 가느다란 낚싯줄의 궤적 또한 염두에 두지 않을 수 없었다. 제아무리 고수라도 쉽사리 빠져나가기가 어려운 절초였다.

다행스럽게도 장건은 환야와 비슷한 형태의 비무를 한 적이 있었다. 환야가 날린 쇳조각들이 내공의 끈으로 이어져 있던 것처럼, 눈으로 볼 수 없는 낚싯줄이라도 낚싯줄에 담긴 공력이 빛나는 건 볼 수 있었다.

장건은 손에 공력을 두르고 낚싯줄을 잡아챘다. 태극경과 용조수를 동시에 이용하여 낚싯줄을 이리저리 당기고 흔들었다. 팽팽하게 당겨져 손가락이 잘리지 않도록 재빨리 힘의 방향을 바꿨다.

순간적으로 장건의 손이 십수 개나 되는 듯 늘어났다. 그 손들이 모두 실뜨기를 하고 있었다.

휘리리리!

낚싯줄이 허공에서 이리저리 꼬이면서 한데 뭉쳐 버렸다. 게다가 날려지던 낚싯바늘들이 방향을 틀어서 되려 황보성에게로 날아갔다.

"흥!"

황보성은 못마땅한 얼굴로 손을 털었다. 꼬여버린 낚싯줄이 낚싯바늘과 함께 낚싯대에 휘휘 감겼다. 동시에 낚싯대가 크게 휘며 휘청거렸다.

황보성 자신이 날린 공력에 장건이 태극경으로 공력을 더했기 때문에 낚싯대에 담긴 힘이 증폭되어 있었다. 황보성은 튕겨 나가려는 낚싯대를 힘을 주어 붙들었다.

파르르!

낚싯대 끝이 거세게 떨렸다.

황보성이 당황해하며 공력을 무력화 시키고 앞을 보니, 벌써 장건은 달아나는 중이었다.

"허!"

황보성은 어이가 없었다.

겨우 두어 수 나누었을 뿐인데 자신의 수법은 하나도 통하지 않고 장건마저 놓쳐버렸다. 지금까지 자신의 수를 연속으로 두 번이나 피한 이는 본 적이 없었다.

그것도 저런 수법으로.

"끄응."

황보성은 신음 소리를 내며 얼굴을 찌푸렸다.

따라가자면 따라가지 못할 것도 없었으나 따라가 봤자 장건을 자신의 손에 넣을 순 없었다. 자신의 차례는 여기까지였다. 자신이 확보한 영역을 넘어서까지 따라가지 않기로 이미 약속한 뒤다.

자존심 강한 최고수들에게 같은 영역을 공유하는 건 달갑지 않은 일이었다. 하여 서로 서가촌 안에서 각자의 영역을 구축했다. 누군가 좋은 자리를 선점하면 다른 누군가는 어쩔 수 없이 다른 곳에 자리를 잡았다. 마치 그물을 걸고 낚싯감을 기다리는 것처럼 일정 영역을 확보한 채였다.

그들이 목적하는 건 단 하나다.

장건에게 흥미가 생긴 것이다.

장건을, 장건의 배경을, 장건이 가진 무공을 시험해 보고 싶은 까닭이다. 대체 어떻게 했기에, 어떤 무공을 지녔기에 혈라마와 일권을 나눌 수 있었는지 궁금해서 미칠 지경이다.

싸가지가 없어 괘씸하지만, 그건 그거고 무공에 대한 호기심이 훨씬 앞서 있었다. 어차피 문파로 돌아가면 은퇴나 할 신세다. 마교가 나타나 대책을 세운다고 하지만 딱히 그들이 할 일은 없었다.

그러니 차라리 이곳에서 다른 최고수들과 어울려 못다 한 회포나 풀면서 장건에 대한 궁금증이나 풀다 천천히 갈 생각이었던 것이다.

그래서 장로들과 제자들은 보내고 최고수들은 남았다.

한 무리는 보냈지만 다시 한 무리가 남았으니 결국은 이전과 달라진 게 없는 셈이었다. 장건이나 소녀들로서는 정말 기가 막힌 일이 아닐 수 없었다.

하나 최고수들, 황보성은 전혀 장건의 그런 마음을 읽지 못했다. 그저 장건을 놓친 게 아쉬울 따름이었다.

"큼. 이번엔 놓쳤지만 어쨌든 내일도 시간은 있으니."

기껏 멋지게 지난번과 다른 모습을 보여주려 했더니 말

이다.

 황보성은 장건의 뒷모습을 째려보다가, 문득 바닥에 그려진 무언가의 흔적을 찾아냈다.

 "흠? 이것은 태극대합일?"

 자신의 조법을 기묘한 수로 파훼했다 싶었는데 그게 태극대합일이었다면 충분히 이해가 되는 일이다.

 "무재가 뛰어나다고는 들었으나 설마하니 무당의 태극경, 그 최상승 경지인 태극대합일이라니!"

 하지만 황보성은 곧 고개를 갸웃거렸다.

 "……는 아닌가?"

 바닥의 흔적이 좀 이상했다. 부드럽게 그려지지 않고 각이 져서 이상한, 원은 원인데 사각에 가까운 흔적이었다.

 "태극인 것도 같고…… 아닌 것도 같고."

 어쨌든 자신이 놓쳤다는 사실은 달라지지 않았다.

 "너무 녀석을 우습게보았구나."

 비록 전력을 다한 것은 아니지만 자신의 수법이 통하지 않아 자존심이 상했다.

 한 가지 위안이라면 방금 겪어본 바, 적어도 다른 최고수들 역시 생각보다 장건을 잡거나 파악해내기가 쉽지 않으리라는 점이었다.

　　　　＊　　＊　　＊

"아야야."

장건은 달아나면서 손바닥을 펴 보았다. 손바닥에 시뻘건 줄이 몇 개나 그어져 있었다.

내공을 충분히 담았는데도 불구하고 낚싯줄에 담긴 공력이 보통이 아니었다. 조금만 실수했어도 손이 조각조각 잘릴 뻔했다. 아니, 일전에 환야와 겨룰 때의 경험이 아니었다면 몸이 그렇게 잘렸을 수도 있었다.

"이씨이."

장건은 생각만 해도 화가 났다.

이런 위험한 수법을 아무렇지 않게 사용하면서 태연자약한 얼굴을 하고 있다니.

"너무하잖아!"

하지만 이게 끝이 아니었다.

찌릿.

서가촌의 집과 건물들이 막 앞에 보이는 즈음, 가장 앞선 초라한 집의 담벼락 앞에 누군가가 앉아 있었다.

거적때기를 깔고 그 위에 가부좌를 틀고 앉았는데 앞에는 죽통을 놓고 등 뒤로는 두 개의 깃발을 꽂았다.

깃발에는 '상통천문 하달지리(上通天文 下達地理), 만사

무불통지(萬事無不通知)'라는 글자가 적혀 있었다.

장건은 걸음을 멈추었다.

"으으……."

멈출 수밖에 없었다. 피부를 저릿저릿하게 만드는 위험한 느낌이 그렇게 시켰다. 무방비로 달려 나갔다가는 순식간에 일격을 당할 것 같았다.

길쭉한 관을 쓰고 염소수염을 한 노인은 장건을 쳐다보지도 않고 자신의 일에 열중이었다. 장건이 조금만 움직여도 살수를 쓸 태세지만, 적어도 겉으로는 그렇게 보이긴 했다.

염소수염의 노인이 가느다랗게 쪼갠 대나무 가지 수십 개가 든 산통을 들고 이리저리 흔들다가 바닥에 쭉 늘어놓는다. 그러다가 몇 개를 집어 손가락 사이에 끼우면서 중얼중얼 셈을 했다.

"구이(九二)는 노양(老陽)에 득중(得中)이며 실정(失正)이라."

그러다가 어느 순간 무릎을 탁 치며 말한다.

"묘하구나, 묘해."

노인이 장건을 쳐다보더니, 소매에서 작은 깃발 하나를 꺼냈다.

"옛다."

노인의 소매가 펄럭였다.

탁!

장건의 발아래 한 뼘 정도 크기의 작은 깃발 하나가 날아와 박혔다.

"그것이 오늘 네 운세다."

"……."

장건은 발아래 박힌 대나무 조각을 가만히 바라보았다. 깃발에는 '곤괘(困卦)'라고 적혀 있었다.

"연못에 물이 없어 곤궁하니, 초육(初堉)에 앞으로 가도 도와주는 사람이 없고 가만히 있어도 편안하기 힘든 점괘로구나."

"하아……."

장건이 길게 한숨을 내쉬자 형산파의 최고수 북무선생은 빙긋 웃음을 지었다.

"걱정되느냐? 그렇겠지. 하나 인과응보라, 그리 걱정이 되었다면 처음부터 걱정할 일을 만들지 않았어야 할 것이었다. 어린놈이 겁도 없이 까불……."

북무선생이 수염을 매만지며 일장연설을 하고 있는데 장건이 쌩 하고 줄행랑을 쳤다.

"헛?"

설마하니 인사도 뭣도 없이, 심지어는 한 마디 말도 없이 그냥 달아날 거라고는 꿈에도 생각 못한 북무선생이었다.

북무선생은 황급히 양손으로 바닥을 쳐 가부좌를 튼 자세 그대로 허공에 붕 떠올랐다. 공중에서 가부좌를 풀고 발로 산통을 걷어 올렸다. 그러곤 산통에서 여섯 개의 대나무 가지를 뽑아 던졌다.

"이노옴!"

북무선생이 자랑하는 절기는 천강수다. 하나 그 정도 되는 고수라면 절기 말고도 한 가지쯤 다른 장기가 있기 마련이다.

북무선생의 경우에는 암기술이 정통했다.

쉬익!

여섯 개의 대나무 가지가 장건의 등허리를 향해 날아갔다. 장건이 뒤쪽을 힐끗 돌아보며 대나무 가지를 피하려 했다.

그때 북무선생이 양 소매에 동시에 손을 넣었다가 뺐다. 북무선생의 손가락에는 각기 세 개씩, 모두 여섯 개의 깃발이 끼워져 있었다.

"가랏!"

북무선생이 손을 쭉 뻗자 여섯 개의 깃발이 앞서 대나무 가지보다 빠른 속도로 날아가 대나무 가지를 맞추었다. 그냥 맞춘 것이 아니라 대나무 가지를 잘게 쪼개고 지나갔다.

날카로운 침처럼 세로로 길게 쪼개진 대나무 파편들이 깃발의 뒤를 이어 장건을 덮쳤다.

빛살처럼 날아오는 여섯 개의 깃발이 워낙 빨라서 달아나다 말고 뒤로 돌아서 방비할 시간이 없었다. 게다가 뒤로 열두 개로 쪼개진 대나무 파편이 바짝 따르고 있었다. 멈추는 순간에 바로 열여덟 개의 암기를 맞이해야 한다.

"에라."

장건은 홱 하고 허리를 뒤로 꺾었다.

"으헛?"

북무선생이 이를 보고 깜짝 놀라서 움찔했다. 달아나다 말고 허리가 잘려서 뒤로 상체가 넘어간 줄 알았다.

장건은 허리를 접어서 달리던 그대로 몸을 돌리지 않고도 뒤를 확인할 수 있었다. 허리를 뒤로 접어 등으로 날아온 세 개의 깃발을 피해고 나한보로 움직이며 한 개의 깃발을 더 피했다. 그러곤 용조수로 두 개의 깃발을 낚아 쳐냈다.

이어 대나한선보와 불영신보를 더 빠르게 펼쳐서 달리던 그대로 가속을 더했다.

파파팟!

대나무 파편들이 장건을 따라잡지 못하고 장건이 지나간 발꿈치 뒤쪽 길바닥에 주르륵 꽂혔다.

장건은 허리를 세우고 그대로 냅다 달려서 북무선생의 영향권을 벗어났다.

쌩!

북무선생은 닭 쫓던 개 마냥 멍하게 장건의 뒷모습을 볼 수밖에 없었다. 좀 전까지 엉덩이 부근에서 흐느적거리던 장건의 머리통이 자꾸만 눈에 밟혔다.

"허."

북무선생은 불길한 느낌에 얼른 소매에 손을 넣어 동전 세 개를 꺼냈다.

차르륵.

손안에 넣고 흔들며 동전의 앞뒤를 확인하길 여섯 번.

"명이(明夷)의 상육(上六)."

북무선생의 얼굴이 일그러졌다.

빛이 어두움을 몰고 오는 우매한 왕을 나타내는 점괘로 반드시 실패를 초래하게 된다고 해석한다.

그것이 바로 오늘 자신의 운세였다.

제8장

모두가 장건을 노린다

　장건은 드디어 서가촌으로 들어섰다.

　하지만 서가촌의 거리로 들어선 후에도 장건의 고난은 끝나지 않았다.

　삐리리.

　어디선가 난데없이 피리소리가 들려왔다.

　서글픈 음색의 피리소리였는데 그 소리를 듣는 순간 장건은 가슴이 쿵쾅거렸다.

　단전이 들끓고 내공이 제멋대로 움직였다.

　고개를 들어 보니, 고아한 문사풍의 노인이 앞길 한가운데 서서 단소를 불고 있었다.

삐리리리 삘리리.

음이 높아지고 낮아짐에 따라 장건의 내공도 피리소리에 따라 요동을 쳤다. 오늘따라 쉽사리 제어가 되지 않는 내공이다.

'이건 뭐지?'

장건은 처음 당하는 일인지라 당황했다. 내공이 제어되지 않는 건 장건이 쓸모없는 행동을 하려고 마음을 먹거나 했을 때뿐이었다.

'크, 큰일이다!'

장건은 재빨리 자리를 벗어나려 했다. 하지만 내공이 실리지 않은 걸음으로는 빨리 달릴 수가 없었다.

그사이에 노인이 부는 곡은 점차 절정으로 치달았다.

삐리리리!

날카로운 고음으로 올라가는 소리에 맞춰 장건의 내공이 혈도를 마구잡이로 헤집고 돌아다녔다.

장건은 불같이 뜨거운 통증을 느꼈다. 자신의 내공이 오히려 날카롭게 가시가 돋친 화기(火氣)가 되어 혈도를 해지고 있었다.

피부 위로 퍼런 핏줄이 불뚝거리고 솟았다. 자칫 핏줄이 터질 지경이었다.

장건의 걸음은 점점 느려졌다.

'어어?'

이대로 두었다간 끝내는 머리까지 화기가 치밀고 말 터였다. 바로 주화입마다.

장건은 이를 악물고 날뛰는 화기를 억지로라도 진정시키려 했다. 화기가 몸 안을 일주하며 팽글팽글 돌아서 머리가 다 어지러웠다.

'도대체 언제 끝나는 거야!'

그러나 노인, 무영문의 화룡소 반오는 노래 한 곡이 끝나자마자 바로 이어서 한 곡을 더 했다. 조금도 멈출 생각이 없어 보였다.

장건의 눈에 실핏줄이 붉게 피어올랐다.

바로 지척에 노인이 있는데 연주를 방해할 수가 없었다.

'기의 가닥으로든 뭐든 잠깐만 멈출 수 있다면……!'

장건은 번뜩 생각이 떠올랐다.

바로 독정이다.

양기를 띤 장건의 내공과 대환단의 내공은 쉽게 화기로 화해 몸을 해치고 있었으나, 반대로 화기에는 상극인 독정은 분리된 상태로 한쪽에 밀려나가 있었던 것이다.

장건은 당예가 가르쳐 준 독정의 조절 방법을 떠올렸다.

슈슈슈.

손바닥과 발바닥을 모두 하늘로 하여 가부좌를 튼 장건의 장심에서 독정의 독기가 흘러나왔다.

아깝지만 어쩔 수 없었다. 지금은 상황이 급박했다. 거기다 화기에 밀려난 독정이 더 쉽게 몸 밖으로 배출될 수 있었다.

무색무취무미의 독정은 아무런 기척도 없이 장건의 주변을 퍼져 나갔다.

'음?'

화룡소 반오는 깜짝 놀랐다.

갑자기 몸이 뻐근해지며 기혈이 혼탁해졌다.

'이런!'

반오는 몸에 이상을 느끼곤 곧바로 숨을 멈추었으나, 이미 미량의 독기를 흡입한 후였다. 독정은 소량으로도 수천 명을 중독 시킬 수 있는 강력한 독기의 정수였다.

반오는 엄청난 독기에 놀라며 독기를 몸의 한쪽으로 몰아놓고 배출시키려 하였다. 하지만 무색무취의 독정이었기에 대처가 한 박자가 늦었다. 독기가 벌써 몸에 퍼진 채였다.

별수 없이 반오는 피리 연주를 멈추고 독기를 다스리려 했는데 연주가 멈추자마자 장건이 부스럭거리면서 움직이는 것을 보았다.

'크윽!'

연주를 멈추고 독기를 다스리는 순간에 장건이 공격을 해

오면 꼼짝없이 당할 판이었다.

반오는 독기 때문에 숨도 쉬지 못하고 계속 피리를 불어야 했다. 연주가 이어지자 장건이 다시 울상을 지으면서 동작을 멈추었다.

삐리리리.

제아무리 최고수라도 숨을 쉬지 않고는 살 수 없는 법이었다. 더구나 계속해서 숨을 불어야 하는 연주를 하고 있는 중이다.

반오는 몸에 퍼진 독기와 싸우며 연주까지 하느라 숨이 벅찼다. 독기의 영향으로 몸이 간질거렸다가 추웠다가 땀이 났다가 했다. 근육이 쑤셔오는가 하면 관절이 비틀리는 듯 아프고 눈이 침침해지기까지 했다.

그렇다고 연주를 멈출 수도 없으니 반오는 숨을 최대한 얇게 불어넣으며 피리소리를 이어갔다.

하지만 안타깝게도 피리의 음은 아까처럼 고르지 못하고 음정마저도 흔들렸다.

음공은 소리에 공력을 실어 보내는 수법이라 아주 섬세한 조절이 필요하다. 강공 일색이 아니라 음의 높낮이에 따라 강약을 조절함으로써 상대의 내공을 흔드는 수법이다.

연주가 느슨해지자 장건은 조금씩이나마 움직일 수가 있게 되었다.

반오는 계속 피리를 부느라 얼굴이 시뻘개졌고 장건은 힘을 주어 억지로 움직이느라 얼굴이 빨개졌다.

서로 얼굴이 벌게져 있으니 남들 보기에 우스꽝스럽기도 했으나 두 사람은 진지했다.

장건은 앉아서 나한보를 사용하여 가부좌를 한 채 옆으로 조금씩 조금씩 움직였다. 그 기괴한 움직임에 반오는 더 집중해서 연주를 하기가 어려워졌다.

결국 장건이 일정 거리를 움직인 후에 반오는 더 이상의 연주를 포기했다. 장건도 반오와 더 싸우고 싶은 생각이 없었기에 몸이 자유로워지자마자 일어나서 달려갔다.

반오는 급히 바닥에 좌정하여 독기를 몰아내는 데에 열중했다.

이 나이를 먹고 장건의 하독을 눈치채지 못해서 중독되다니!

하지만 평소와 달리 크게 부끄럽지는 않았다. 다행스럽게도(?) 장건이 자신에게까지 온 것만으로도 이미 앞서 다른 문파의 최고수들이 실패했다는 걸 알 수 있었기 때문이었다.

*　　*　　*

장건은 달리다가 앞서 기다리고 있는 또 다른 인물을 감지했다.

꼿꼿하니 날카로운 기세.

어딘가 모르게 익숙한 느낌을 풍기는 노인이 길 한가운데를 막고 앉아서는……

칼을 갈고 있었다.

스릉, 스릉.

무시무시하게 예리해 보이는 검을 아무렇지 않게 갈고 있는 노인이었다.

노인은 벼리던 검을 들어 손가락을 대 보며 날을 가늠했다. 그러고는 조용히 말을 내뱉었다.

"놀랐느냐? 설마하니 내 차례까지 올까 싶었다마는."

"……"

"……?"

칼을 갈던 노인, 청성파의 고수 운일도장은 이상한 느낌에 고개를 늘었다.

하지만 장건은 벌써 옆 골목으로 빠져나가는 중이었다. 기가 막히게도 딱 자신의 검격이 닿을 거리 바로 밖에서 방향을 바꾼 것이다.

"이, 이놈이 언제! 거기 서라!"

당황한 운일도장이 소리를 질렀지만 장건이 설 리 없었다. 장건은 외려 더 속력을 높였다.

"뭐 저런 놈이 다……."

새파랗게 어린 후배가 선배를 보고 인사를 드리기는커녕 보자마자 못 볼 걸 본 듯 외면한 채 달아나다니?

칼을 벼리고 있는 까마득한 어르신을 보면서 좀 두려워도 하고 경계도 하면서 얘기를 나누다가 손을 섞던가 하는 게 흔히 하는 방식 아니었던가?

"허허허…… ."

운일도장은 어이가 없어서 자리에 멈춰 서 웃었다.

장건은 그새 보이지도 않았다. 장건도 안 것이다. 갑자기 나타난 노인들의 실력은 무지막지 하지만 끝까지 쫓아오지는 않는다는걸. 어떻게든 일정 거리를 벌리면 쫓아오기를 멈추는 것 같았다.

물론 그러고 나면 다른 이가 기다리고 있긴 하지만 말이다.

아니나 다를까.

장건이 골목길을 벗어나자마자 또 다른 노인이 장건의 앞길을 가로막았다.

지붕에서 담에서, 담에서 다시 땅으로 훌쩍 뛰어내린 노인은 양팔이 보통 사람보다 두어 뼘은 더 길어 보이는 특이한 외형이었다. 가뜩이나 팔이 긴데 허리까지 구부정해 있어서 손끝이 바닥에 닿을락 말락 했다.

바로 공동파의 육망지 고릉이었다.

고릉은 서늘한 눈빛으로 다가오는 장건을 보며 입을 열었다.

"노부는 공동파의…… 어라?"

장건은 고릉을 보기가 무섭게 다른 방향으로 달아났다.

하나 그쪽에서도 기다리는 노인이 있었다.

길가에 있는 연못, 그 연못과 뭍에 반쯤 걸쳐지게 지은 정자 위에서 뒷짐을 지고 하늘을 바라보는 노인이었다.

노인은 칼 하나를 정자 기둥에 기대놓은 채, 장건을 쳐다보지도 않고 청아한 목소리로 시 한 수를 읊었다.

"하늘이 푸르고 들판은 아득하니[天蒼蒼野茫茫] 바람이 불자 풀이 누워 소와 양이 보이……[風吹草低見牛羊……], 응?"

장건이 오다말고 다시 방향을 틀어서 달아나고 있었다.

정자에 혼자 남은 노인, 죽림옹은 뻘쭘한 표정으로 장건의 뒷모습을 바라보고 있을 수밖에 없었다.

"……."

노인은 잠깐 고민하다가 못 본 척 연못으로 고개를 돌리고 마저 시를 읊었다.

"소와 양이 보이고, 하늘은 장막처럼 사방을 덮는구나[天似穹廬籠蓋四野]!"

* * *

"으아, 도대체 몇 명이야!"

달아나던 장건은 정신이 다 없었다.

처음부터 싸우지 않고 달아나기를 잘했다는 생각이 들었다. 만약 앞에서부터 계속 싸웠으면 지금쯤 힘이 빠져서 더 달아날 수 없게 되었을지도 몰랐다.

근데 왜 하나같이 이상한 모습으로 나타나는지는 알 수 없었다. 서로 그렇게 하기로 약속이라도 한 건지, 아니면 유별나게 나타나야 한다는 강박이라도 있는 건지?

장건은 잠깐 한숨 돌리면서 어떻게든 서가촌을 빠져나가야 한다고 생각했다. 이대로는 출근에 지각하게 생겼다.

장건은 생각 끝에 불목하니 문원의 수법을 쓰기로 했다.

기감을 극대로 펼쳐서 최고수들이 확보하고 있는 자신들만의 영역, 그 영역 세 개가 접점을 이루고 있는 경계선 즈음을 조심스럽게 찾아갔다.

장건은 곧 몸에 힘을 풀고 주변으로 천천히 내공을 퍼뜨렸다. 문원 식으로 말하자면 자연에 동화되는 순간이었다.

몸 안의 내공을 대기 중으로 흩어내자 몸 안의 기가 공기 중과 비슷한 농도로 낮춰졌다.

스르륵.

마치 귀식대법이라도 쓴 것처럼 장건의 존재감이 흐릿해졌다.

장건은 그 상태로 은밀히 노인들이 펼쳐 둔 감각의 경계망을 빠져나갔다.

그리고 얼마 지나지 않아 그 자리에 세 명의 최고수들이 나타났다.

세 최고수들은 서로간의 눈치를 보고, 장건이 셋 중 어느 쪽으로도 가지 않았다는 걸 깨달았다.

"뭐야?"

"어디로 갔어?"

"허어. 녀석을 놓친 건가?"

"끄응. 우리가 모르는 옆길이 있는가 보군."

"그나저나 어떻게 여기까지 뚫고 왔을꼬?"

정말 장건은 알면 알수록 희한한 녀석이었다.

* * *

그날부터 장건은 며칠을 내내 최고수들에게 시달렸다.

도망치는 것도 한계가 있었다.

최고수들이 아예 서가촌에 자리를 잡고 앉았기 때문에 오며 가며 어쨌든 계속 마주칠 수밖에 없었고, 마주칠 때마다 최고수들은 여러 가지 방법으로 장건을 시험하려 했다.

참다못한 하분동이 얘기를 해 보았으나 하분동의 말을 귓등으로나마 들을 이들이 아니었다.

최고수들은 장건이 출근한 낮에는 자기들끼리 논검비무를 하기도 했는데 때로는 흥에 겨워 실제 비무까지 벌이곤 하였다. 그리고 그때마다 서가촌은 엄청난 투기와 살기로 들썩거렸다.

매일 아침저녁으로 시달림을 받는 장건은 나날이 초췌해져갔다.

단순히 가벼운 시험이 아니라 매 순간에 목숨을 걸어야 했다. 최고수들은 장건의 실력을 알고 있었기 때문에 살수도 개의치 않았다. 장건은 매일 신경을 곤두세우고 살아야 하는 것이 너무나 피곤했다.

소녀들이 보다 못해 장건에게 말했다.

"차라리 날 잡아서 한 명씩 싸우자고 해. 각서를 쓰라고 하면 되잖아."

그래서 장건이 각서를 들고 가 수결을 하면 싸우겠다고 했더니…….

"싫은데?"

"내가 왜?"

시큰둥한 최고수들의 반응이었다. 그냥 슬슬 건드리면 되는데 뭐하러 그렇게 하느냐는 듯한 태도였다.

원호까지 나서서 장건에게 도움을 주기 위해 나한들을 호위로 붙여 주었다.

그러나 나한들이 최고수들을 당해 내기는 무리였다. 최고수들은 나한들을 가볍게 제압해 놓고 계속해서 장건을 괴롭혔다. 소림사로서도 그들과 전면적으로 싸울 수는 없는 노릇이라, 난감한 지경이었다.

하여 고민 끝에 소녀들은 장건에게 차라리 한 명씩 때려눕히는 방법을 권했다.

최고수들은 장건이 출근하거나 퇴근할 때가 되면 진법을 이루듯 서가촌에 포진해 있었다.

중간에 힘을 쓰면 끝에 가서는 달아날 수 없게 되므로, 장건은 제일 마지막에 만난 최고수와 싸우기로 했다.

그날 장건에게 걸린 건 공농파의 고릉이었다.

십여 일이 지나는 동안 장건은 최고수들의 공격에 많이 익숙해져 있었다.

그러나 장건은 모든 것이 지겨울 뿐이었다.

장건은 언제나처럼 지나가면서 고릉이 육음지를 발출하는 걸 기다리지 않았다. 이번엔 고릉을 보자마자 공력을 끌어올렸다.

"오늘은 도망가지 않을 겁니다!"

"오호?"

고릉의 눈이 이채를 띠는 순간 장건이 달려들었다. 그동안 본 게 워낙 많은지라 저도 모르게 유운신보의 묘리로 신법을 밟고 있는 장건이었다.

고릉은 당황하지 않고 오히려 기꺼워하며 전력으로 장건을 상대했다. 고릉도 장건의 특이한 초식 운용에 어느 정도 익숙해져 있기 때문에 쉽사리 장건에게 허점을 내주지 않았다.

고릉과 장건이 십여 초를 겨루는 동안 다른 최고수들이 몰려오기 시작했다. 최고수들은 적당히 떨어진 곳에서 흥미롭게 고릉과 장건의 비무를 관전하고 있었다.

쩌적!

장건은 이십 초 만에 고릉의 위기에 금강권 이중첩을 욱여넣을 수 있었다.

역시나 고릉의 위기를 완전히 파괴하지는 못했다. 최고수들의 위기는 단단했다. 장건은 거의 튕겨지듯 밀려난 고릉에게 재차 쇄도하여 다시 금강권을 펼쳤다.

쩌—엉!

이번에야말로 고릉의 위기가 완전히 깨져 버렸다.

하지만 장건도 무리하게 금강권을 연속으로 펼친 탓에 전신 근육이 찢어질 듯한 고통을 느꼈다.

고릉은 나뒹군 채 헛소리를 주절거리더니 순식간에 혼절하듯 잠에 빠졌다.

장건은 흥미진진하게 비무를 보고 있는 최고수들을 흘겨보며 씩씩거렸다. 평범한 고수들이었다면 오한을 느꼈을지도 모르나 최고수들은 이미 살만큼 살아온 이들이었다.

"이제야 제대로 할 마음이 생겼나 보구나?"

최고수의 말에 장건이 힘주어 말했다.

"네. 내일부터 한 분씩 상대해드릴 거예요."

"삶의 마지막을 무인답게 장식할 수 있다면 그 또한 축복이 아니겠느냐! 껄껄껄!"

"내일이 기대되는구나!"

최고수들은 오히려 더 좋아했다.

장건은 질려서 멍하니 최고수들을 보다가 한숨을 내쉬었다.

그날부터 장건은 매일 한 명씩과 진지하게 비무를 펼쳤다. 장건은 짧은 며칠 사이에 놀랍도록 실력이 늘어서 최고수들도 쉽사리 장건을 상대할 수가 없었다. 대신 장건도 최고수들에게 점차 수법이 파악되면서 오히려 비무의 시간은 처음보다 늘어만 갔다.

장건은 힘들었지만 정말 이를 악물고 매일을 견뎌냈다.

그러나 며칠 후.

장건은 앞에 기다리고 있는 사람을 보고 기절할 뻔했다.

처음 쓰러뜨렸던 공동파의 고릉이 다시 나타난 것이다.

"한숨 푹— 잤더니 아주 개운하구나! 이번에야말로 제대로 해볼까나?"

"저한테 지셨잖아요!"

고릉은 부끄러운 기색도 없이 뻔뻔하게 말했다.

"응? 싸우다 보면 질 수도 있지. 어차피 강호에 소문도 다 난 판에 이제 와 무엇이 부끄러우리. 내겐 수치심보다 무공에 대한 갈증이 더 크다는 걸 알아주려무나."

최고수들에게 있어 장건은 그야말로 최적의 상대였다. 마음껏 힘을 써서 상대할 수 있는데 장건은 살수를 쓰지 않으니 마음마저 편한 것이다.

게다가 장건이 언뜻언뜻 무공을 펼치는 순간에 보이는 수많은 묘리는 자꾸만 최고수들을 자극했다.

장건의 수법이 눈에 보이지 않는다고 무공 운용의 묘까지 보이지 않는 건 아니었다. 외려 서로 다른 무공들의 묘리가 부드럽게 이어지는 걸 보면서 '아! 이렇게도 가능하구나!' 하고 깨달음을 넓혀가는 중이었다.

어찌 보면 그들에게는 장건을 만난 것이 일종의 기연처럼 여겨지기도 하였다.

하여, 사실 최고수들은 예전처럼 장건을 나쁘게만 보지 않았다. 처음엔 못된 애송이로나 생각했었으나, 지금은 거의 함께 무공을 익혀가는 동료로까지 여기게 되었다. 매일 손속을 주고받으면서 사형제 비슷한 관계로까지 생각하고 있었다.

시간이 지나자 최고수들은 자신들이 오히려 무례했노라고 소림사에 정식으로 사과도 했다. 대신 장건에게 자파의 무공 일부를 은근슬쩍 사사하겠다는 약속까지도 했다.

과거 홍오가 타 문파의 무공을 훔쳐 배워 문제가 되었던 그때처럼이 아니라, 정식으로 인정받아 무공을 익히게 되는 것이다.

이러하니 원호도 더 이상 말리기가 어려워졌다.

장건이 마치 공동전인처럼 키워진다면 강호에서 소림사의 입지는 크게 상승할 것이다. 물론 원호의 생각에 그것은 장건에게도 좋은 일이 될 터였다.

최고수들과 매일 비무하며 실력을 키워갈 수 있다는 건 무인이라면 누구나 부러워할 만한 일임에는 틀림없었다. 원호조차도 본성은 무림인이라, 그런 장건이 조금은 부럽다는 생각이 들 정도였으니, 그만하면 말 다한 것이다.

그러나 모두가 부러워한대도 정작 본인인 장건은 그렇지 못했다.

남들의 생각과는 반대로 장건은 하기 싫은 일을 억지로 하느라 심신이 극도로 피폐해졌다.
 지쳐버려서 더 이상 무공이 재미있지도 않았다.
 매일매일이 지옥 같고 끔찍해졌다.
 힘이 들었다.
 이제 서가촌에 살던 사람들은 거의 다 나가버려서 마을은 적막하기만 했고, 소녀들의 장사도 더불어 망했다.
 최고수들과 비무를 하면서 새로운 무공을 배우기도 하고 억지로나마 실력도 늘어가긴 하였으나, 그것들을 얻은 대신 일상을 잃었다.
 일상의 소소한 즐거움이 주는 풍요로운 마음의 평온은 사라졌고, 매일이 살기와 투기로 어우러진 전쟁 같은 나날이었다.
 어느 쪽이 더 좋으냐를 선택한다면 당연히 장건은 전자의 일상을 택할 터였다.
 그러던 어느 날······.

  *   *   *

 장건은 새벽부터 충무원에 도착해 아무도 없는 충무원의 뒤뜰에서 휴식을 취하고 있었다. 아침으로 대나무잎으로 싼 주먹밥을 먹고 있는 중이었다.

그날도 오는 길에 최고수들을 피해 기운을 죄다 쓰고 온 지경이어서 배가 고팠다.

늙수그레한 목소리가 장건의 뒤쪽에서 말을 걸었다.

"교두님, 일찍 오셨군요."

말단 관리직인 충무원의 노집사였다. 노집사는 충무원의 온갖 대소사를 맡아서 관리를 한다.

노집사는 잡초를 베던 중인지 한 손에 낫을 들고 있었다.

"안녕하세요. 오늘은 운이 좀 좋았어요. 이거 드실래요?"

"아니오, 전 벌써 먹었지요. 늙으면 잠이 없답니다. 허허."

장건은 단청의 끄트머리에 앉아서 몸을 뒤로 기울이고 있다가 노집사와 인사를 나누었다.

최고수들과의 만남은 늘 장건의 진을 빠지게 했기 때문에 충분히 지친 목소리였다.

노집사는 살짝 굽은 허리를 북북 치면서 상선에 나가왔다.

"낫이 잘 안 들어서 원…… 시간이 날 때 갈아둘 걸 그랬어요. 에구구구."

노집사는 장건의 옆에서 낫을 갈려는지 품에서 숫돌을 꺼냈다. 누가 봐도 자연스러운 행동이었다.

그런데 그 순간 밥을 먹던 장건이 노집사를 빤히 쳐다보

모두가 장건을 노린다

앉았다.
 노집사가 동작을 멈추고 장건을 마주 보았다. 장건의 눈동자가 순간 사팔이 되었다가 다시 원래대로 돌아왔다.
 "……."
 "……?"
 그저 몇 번 숨 쉴 정도의 짧은 시간이 흘렀음에도 마치 영겁의 시간이 지난 것처럼 느껴졌다.
 노집사가 천천히 입을 열었다.
 "무슨…… 일이시라도……?"
 장건은 노집사를 뚫어져라 보면서 말했다.
 "집사님도예요?"
 "……."
 노집사는 한동안 말을 잇지 못하다가 다시 물었다.
 "그게 무슨…… 말씀이십니까?"
 장건이 대답했다.
 "집사님도 서가촌의 할아버지들처럼 저를 시험해 보고 싶으세요?"
 그 말에 노집사의 얼굴 표정이 미묘하게 흔들렸다. 노집사는 한 손에 낫을, 한 손에 숫돌을 든 채 물었다.
 "어떻게 아셨습니까?"
 목소리가 아까와 달리 한결 차가워져 있었다.

장건이 피곤한 투로 답했다.

"손을 넣으시면서 내공을 끌어올리셨잖아요. 되게 많이요. 평소보다 너무 과하게 끌어올리신 게 보이던데요."

장건은 늘 호흡으로 소량이나마 기를 먹고 있기 때문에 미세한 흔들림까지도 눈치챌 수 있는데 가뜩이나 최근엔 신경이 곤두서 있어서 더욱 예민했다.

아니나 다를까, 안법을 펼치니 노집사의 위기 덩어리 색이 굉장히 진해지고 있었던 것이다. 그것은 내공을 끌어올리고 있는 현상에서 생겨나는 일이었다.

"으음."

노집사, 황도팔위에서 무훼신장으로 불리는 암살자 삼전은 바짝 긴장했다. 어지간한 기감에도 걸리지 않을 정도로 암암리에 내공을 끌어올리는 게 삼전의 특기였다.

한데 그걸 알아챘다. 사람을 해치는 데 거리낌이 없기 때문에 살기조차 없는데도.

"평소보다 과하다라…… 그럼 언제부터 알았는가?"

삼전은 말투도 완전히 바꿨다.

장건은 그런 삼전을 이상하게 쳐다보며 대답했다.

"충무원에 처음 왔을 때부터요."

고수의 위기는 다른 사람들과 다르다. 장건은 첫눈에 삼전이 상당한 고수인 걸 알고 있었다.

모두가 장건을 노린다 321

삼전이 의혹의 눈길로 물었다.

"그런데 왜 알고도 가만히 있었지?"

장건이 되려 되물었다.

"그게 뭐 이상한 일이라고요. 가만히 있으면 안 되는 거예요?"

장건은 그동안 워낙 많은 고수들을, 심지어는 삼전보다도 강한 우내십존에게까지 둘러싸여서 살아왔다. 소림사에서는 마당에서 비질을 하는 소동조차도 적으나마 내공을 가지고 있고, 공양간에서는 무승들이 내공을 이용해서 음식을 한다. 원주들은 중소 문파의 장문 이상 가는 내공을 가지기도 했다.

다른 사람들은 말단 관리인 노집사가 무공을 숨기고 있으면 이상하다 생각하겠지만 장건에겐 그게 딱히 이상한 일은 아니었던 것이다. 혹시나 우내십존보다 더 대단한 무공을 가졌다면 관심정도는 가졌을지도 몰랐다.

삼전 정도의 내공을 가진 이는 장건이 수두룩하게 늘상 보고 사는 광경이었다.

그러나 삼전은 아니다.

장건이 알고도 가만히 있었다는 건 자기를 충분히 감당할 수 있기 때문에 그렇다고 생각할 수밖에 없었다.

지금도 장건과의 거리는 겨우 두어 걸음.

그의 손에는 숫돌로 위장된 상자가 쥐어져 있고 그 안에는 독분(毒粉)이 들어 있다. 독분을 뿌리고 출수를 하면 장건의 목부터 뒤의 기둥까지 단번에 갈라 버릴 수 있었다.

한데도 장건은 자신이 내공을 끌어올린 걸 뻔히 보면서도 아무런 대비를 하지 않고 있다. 할 테면 해 보란 듯 주먹밥을 먹고 있다. 손에 주먹밥을 쥐고 있으니 분명한 무방비다.

하지만 그동안 지켜본 바, 삼전은 장건을 잘 알고 있었다. 무방비에서라면 모를까, 이미 알고 있는 순간에는 어떤 짓을 해도 자신보다 빨리 움직일 수 있다는 것을.

장건은 취한 채로도 거대 문파의 장로들을 쫓아냈고 뇌음사의 역대급 고수인 발사라와 동수를 겨루었으며, 최근에는 십대 문파와 오대 세가의 최고 고수들을 하루에 한 명씩 쓰러뜨렸다.

예전이라면 모를까, 이제는 삼전이 정면에서 감당할 수 있는 상대가 아니다.

그렇대도 이대로 포기해야 할까?

명령을 무시하고?

아니, 어떻게든 한 번 손을 써 볼까?

고뇌하는 삼전의 이마에 송글거리고 땀이 맺혔다.

그런 삼전을 완전히 포기하게 만든 건 장건의 한 마디였다.

"관두세요. 귀찮아요."

그 말에 삼전은 완전히 의욕을 상실했다.

"허허."

삼전은 허탈해서 웃어버렸다. 그간 단 한 번도 실패한 적이 없는 그의 가공할 암살행을 저 작은 소년은 귀찮다고 일축해 버렸다. 자신은 소년에게 겨우 귀찮은 존재로 여겨질 뿐.

"낫이나 주세요. 제가 갈아 드릴게요."

삼전은 피식 웃으면서 낫을 내밀었다. 결국 포기한 것이다.

"숫돌은 못 쓰는 거다."

"숫돌은 됐어요."

삼전이 내민 낫이 허공을 둥둥 떠서 장건의 손으로 날아갔다.

장건은 낫을 살짝 훑어보더니 주먹밥을 쌌던 대나무잎을 쥐었다.

스윽 사악.

대나무 잎으로 낫을 간다…….

대나무 잎은 기가 서려서 빳빳했다.

저걸 뭐라고 불러야 할까. 검기가 아니면, 죽기(竹氣)?

하마터면 삼전은 저 대나무의 검기에 자신이 당할 뻔했다는 생각에 소름이 다 끼쳤다.

삼전은 고개를 설레설레 저었다.

저런 녀석을 어떻게 죽인단 말인가!

단언컨대 아마도 당금의 무림에서 저 녀석 장건을 일 수에 죽일 수 있는 자는 없을 터였다.

"후."

삼전은 장건의 옆에 털썩 앉았다.

장건은 조용히 대나무 잎으로 낫을 갈고 있을 뿐이다.

삼전은 무슨 말을 할까 고민하다가 입을 열었다.

"도독부에서 조만간 이곳을 폐쇄할 겁니다."

"왜요?"

"내가 교두를 죽이는 데 실패했으니까요."

다시 노집사의 말투로 돌아온 삼전의 말에 장건은 조금 얼떨떨한 표정을 지었다.

밖의 최고수들은 상선을 죽일 듯 무공을 사용하지만 죽이는 걸 목적으로 하는 게 아니다. 그러나 삼전은 장건을 죽이는데 실패했다고 했다. 장건을 죽이는 데에 목적이 있다는 뜻이었다.

장건은 소름이 끼쳤다. 이 느낌은 오래전 청성의 풍진이 살기를 줄기줄기 내뿜으며 아무런 악의도 없는 장건의 팔을 자르겠다고 할 때보다도 더 끔찍했다.

"저를 왜요?"

"윗분들이 하고자 하는 일에 방해가 되니까요."

"전…… 제가 대체 무슨 잘못을 했죠?"

"교두가 잘못한 일은 없습니다. 다만, 교두의 뛰어난 무공이 눈엣가시인 겁니다."

"하아."

장건은 낯을 갈다 말고 넋을 잃었다.

깊은 한숨이 저절로 토해졌다.

"역시…… 역시 무공 때문인가요. 그래서 계속 사람들이 나를 찾고 못살게 구는 건가요."

언젠가 환야 허량이 해 준 얘기와도 비슷하다.

"무슨 의미인지는 모르겠으나, 내가 돌아간다고 해도 끝이 아닐 겁니다. 곧 또 다른 살수가 보내지겠지요."

삼전의 입장에서는 대단한 정보를 준 것도 아니었다. 장건이 충분히 그 정도는 알고 있으리라 생각하고 확인해 준 정도였다.

하나 받아들이는 장건의 입장에서는 달랐다.

가뜩이나 자기를 노리는 수많은 무림인들이 있다. 그들만도 버거워 죽겠는데 그들뿐 아니라 이제는 자기를 정말로 죽이려는 살수까지 생각해야 하는 것이다.

장건은 하늘이 무너지는 듯했다.

"전 지금도 너무 힘들어요. 매일 밖에 있는 할아버지들을 상대하는 것도 지쳤어요."

삼전이 고개를 끄덕였다.

"압니다. 교두는 너무 물러요. 그러니 날파리가 꼬이는 겝니다."

"그럼 어떻게 하면 되는데요?"

"덤벼드는 자들을 모두 죽이십시오. 그리하면 편해집니다."

"그건 전에도 누가 말해 줬는데, 불가능해요. 전 그럴 수가 없어요."

"무릇 남의 위에 서는 자는 수많은 피와 시체를 밟고 서는 법입니다. 자신의 손을 더럽히지 않고 오를 수는 없습니다."

"전 그러고 싶지 않아요. 제가 원하는 건 그냥……."

장건은 간절한 눈빛으로 삼전을 쳐다보았다.

"전 그냥 집으로 돌아가서 엄마아빠와 행복하게 살고 싶을 뿐이에요."

아무 감정 없이 수차례나 암살을 해 온 삼전조차 장건의 눈빛에 마음이 흔들렸다.

"정말로 평생 그렇게 살 수 있을 것 같습니까? 무인의 피를 잠재우고?"

"많이 생각해봤는데, 전 무공보다는 그냥 평범하게 사는 게 더 좋아요."

"후회하지 않겠습니까?"

삼전의 말에 장건은 묘한 기미를 느꼈다.

"방법이…… 방법이 있는 거죠! 그렇죠?"

삼전이 고개를 끄덕였다.

"말해 주세요. 제가 매일 무서워하고 두려워하고 그렇지 않게 살아갈 수 있는 방법이 있다면요!"

삼전은 '흠' 하고 장건의 눈을 살폈다. 장건은 진심이었다.

"그것은 아주 어려운 일일 수도 있고, 혹은 아주 쉬운 일일 수도 있습니다."

"그게 뭔데요?"

"떠나십시오."

"……네?"

삼전은 재차 확인하듯 되묻는 장건을 보며 정확하게 말했다.

"강호를 떠나십시오. 그러면 교두가 원하는 걸 얻을 수 있습니다."

장건은 약간 멍해진 눈으로 하늘을 응시했다.

"강호…… 를?"

*　　*　　*

원호가 말했다.

"그래. 네 마음은 이해한다. 알아, 알아. 누가 힘든 걸 모르겠느냐. 하나 조금만 참거라. 우리 땐 이건 역경 축에도 속하지 않았다. 훨씬 더 심하게 수련을 하고 인내를 배웠지. 내가 볼 땐 네게도 좋은 경험이 될 게 확실하다. 당연히 수련에도 많은 도움이 되지 않겠느냐. 잘 생각해 보면 이런 기회가 또 없다는 걸 알게 될 게야. 실전 경험을 이런 식으로 쌓을 수 있다는 것도 대단한 일이지. 물론 나도 그분들이 썩 마음에 드는 건 아니다. 하나 어디서 섭섭한 대접 받지 않을 그런 분들이 체면이고 자존심이고 모두 벗어던지고 내게 사과를 하러 왔단 말이다. 오로지 무공 하나만 바라보며 순수한 열의를 불태우고 계시니, 이 못난 사백도 한 사람의 무인으로서 그분들의 열의에 응답하지 않을 도리가 없단다. 아니, 그 나이에 아직도 그런 열정을 가졌다는 게 부럽기도 하구나. 내게 은근히 귀띔을 하신 게 있는데, 네가 무학에 대해 묻는다면 성의껏 답해 주겠다고도 하시더구나. 어차피 네게 부족한 것은 기본에 대한 무학이 아니냐. 이 기회에 틈틈이 눈치껏 그분들에게 무공의 이론을 묻고 배우면서 기초를 닦는다면 나중에 네가 스스로 설 때에…… 뭐라고? 응?"

원호는 거의 자아도취처럼 장건에게 일장연설을 하고 있

다가 말을 멈추었다.

도저히 지금 상황에서 나올 수 없는 말을 들은 것 같아서였다.

솔직히 조금의 예상도 하지 못했던 단어였기 때문에 원호는 몇 번을 더 듣고서도 쉽사리 이해할 수가 없었다.

"가만가만. 뭐라고? 지금 뭐라고 했느냐?"

몇 번이나 재촉하는 원호를 향해, 장건은 몇 번이고 같은 대답을 했다.

"사백님과 사문에 정말 죄송한 일이지만, 저 은퇴하고 싶다고 말씀드렸습니다."

"뭐? 뭘 은퇴해?"

"강호 무림에서요."

원호는 입을 떡 벌린 채 아무 말도 못하고 장건을 바라보았다.

정말로 멍해져서 아무런 생각도 들지 않았다.

쿠당탕탕!

방장실의 밖에서 뭐가 떨어지는 소리가 나더니 문이 벌컥 열렸다.

몰래 밖 지붕에 숨어서 듣고 있던 문원이 굴러떨어져서 흙범벅이 된 채 원호처럼 입을 쩍 벌리고 들이닥쳤다.

"뭐 임마?"

장건은 원호와 문원의 황당한 반응에 긴장했는지 짧게 숨을 토했다. 하지만 그러면서도 두 사람을 쳐다보며 또박또박 다시 말했다.

"저, 금분세수를 할 거예요."

원호와 문원은 서로를 마주 보았다. 머리를 망치, 아니 망치가 아니라 무쇠로 만든 유성추에 십성 공력을 넣어 후드려 팬 것 같은 충격을 받아서 아무 말도 할 수가 없었다.

갑작스러운 장건의 은퇴 선언.

그것은 문득 고개를 들어 보니 붉은 단풍들이 가득해진 풍경을 본 것만큼이나 갑자기 찾아온 어느 가을날의 일이었다.

〈다음 권에 계속〉

독공의 대가

권이백 신무협 장편소설

ORIENTAL FANTASY STORY & ADVENTURE

**짜임새 있는 전개,
유쾌한 이야기로 독자들을 사로잡다!**

사냥꾼이자 독인, 두 가지 정체성을 지닌 소년 왕정.
전대미문인 그의 독공지로(毒功之路)에 주목하라!

dream books
드림북스

『죽지 않는 무림지존』, 『천지를 먹다』
베스트 셀러 작가 나민채의 스펙터클한 퓨전 무협
『마검왕』을 가장 빠르게 보는 방법!

'스마트폰으로 접속!'

사도연 신무협 장편소설

ORIENTAL FANTASY STORY & ADVENTURE

『천마본기』의 작가!
사도연 신무협 장편소설!

"우리 성아는 커서 뭐가 되고 싶니?"
"영웅! 세상을 구하고 누나도 지키는 멋있는 영웅!"
하지만…… 세상은 나를 영웅이 아닌 악마로 만들었다.

dream books
드림북스

헬게이트
HELLGATE

FANTASY STORY & ADVENTURE

김강현 판타지 장편소설

NAVER 웹소설 판타지&SF 부문
인기작의 완전판.

헬게이트 원정군의 유일한 생존자 카이엔,
마계조차 공포에 떨게 한
검은 악마가 귀환했다.

DREAMBOOKS

DREAMBOOKS